Чингиз АБДУЛЛАЕВ

ЗАСТЕНЧИВЫЙ МОТИВ КРОВИ

ЭКСМО
МОСКВА
2013

УДК 82-3
ББК 84(2Рос-Рус)6-4
А 13

Разработка серийного оформления *А. Саукова*

Иллюстрация на переплете *В. Коробейникова*

Абдуллаев Ч. А.
А 13   Застенчивый мотив крови / Чингиз Абдуллаев. –
М. : Эксмо, 2013. – 320 с. – (Абдуллаев. Мастер
криминальных тайн).

ISBN 978-5-699-67616-3

Профессор Максуд Намазов влачит жалкое существование:
у него мизерная зарплата, его не уважают коллеги и ни в грош не
ставит жена. Он подавлен и унижен. Но однажды все меняется.
Из Дагестана приезжает двоюродный брат Максуда, спецназовец Салим. Он сообщает, что дома, в горах, активизировались
кровные враги их семьи и пришло время собрать всех мужчин
Намазовых, чтобы защитить род. Максуд нехотя соглашает-
ся — какой из него воин?! Но оказывается, что как раз воин из
профессора первоклассный. Как только Максуд берет в руки
оружие, в нем просыпается инстинкт сильного и безжалостного
горца. Некогда слабый, затюканный научный сотрудник неожиданно для всех преображается в хладнокровного убийцу...

УДК 82-3
ББК 84(2Рос-Рус)6-4

ISBN 978-5-699-67616-3

Никогда ранее за всю историю ведовства и сношений с Дьяволом никому и не снился такой чудовищный Голем — псевдоодушевленный полиморф. Нет-нет, не всем известный искусственно сотворенный раб из еврейской легенды, чудовищный сгусток зверской жестокости, которая глубоко в душе знакома каждому, даже самому лучшему из нас. Фрейд называл это «Id» — неосознанным источником инстинктивной энергии, требующей дикого животного выхода.

Альфред Бестер «Голем 100»

Замысливать планы мести и осуществлять ее — значит испытать сильный припадок лихорадки, который, однако, проходит, но размышлять о мести, не имея ни сил, ни мужества осуществить ее, — значит носить в себе хроническую болезнь, отравляющую душу и тело.

Фридрих Ницше

ГЛАВА 1

Первое, что он услышал в это утро, было недовольное ворчание супруги, которая уже в который раз напоминала ему, что им нужно поменять холодильник. Максуд недовольно открыл глаза. Сколько можно говорить по этому поводу: у них два холодильника, и не нужно каждый раз напоминать ему о таких мелочах. На часах было около восьми. Сегодня, кажется, четверг, вспомнил Максуд, и ей не нужно идти в школу, где она работает преподавателем биологии. А ему нужно к девяти на работу, и он мог бы поспать еще минут пятнадцать. Он привычно поднимался в пятнадцать-двадцать минут девятого, тратил около пятнадцати минут на утренний моцион, бритье и быстрый завтрак, чтобы без двадцати девять выйти на улицу. Конечно, ему повезло, что они жили напротив станции метро. Он переходил дорогу, входил в метро на станции «Тургеневская» и за пятнадцать-двадцать минут доезжал до своего института, который находился недалеко от станции метро «ВДНХ». Пешком за несколько минут он оказывался у здания института. Ему даже немного завидовали коллеги. Некоторым приходилось стоять в утренних пробках по полтора часа, пока автобусы или их собственные машины доезжали наконец до места работы.

Максуд Намазов — доктор физико-математических наук — работал в одном из тех закрытых институтов, которые еще сохранились после распада Советского Союза и появления на карте новой демократической России. Новой стране также нужны были новейшие вооружения, оборонная промышленность и передовые технологии для армии. Этими проблемами традиционно занимался институт, где работал Намазов. Начало девяностых — сложные времена, когда финансирование почти закончилось, некоторые сотрудники — кандидаты и доктора превратились в мешочников и спекулянтов, выезжая за товаром в Турцию, а оставшиеся в Москве пытались какими-то немыслимыми способами выживать на смешные зарплаты... В те годы институт жил исключительно за счет аренды, сдачи сразу трех этажей своего основного здания различным кооперативам. Разумеется, ни о какой секретности и речи не могло быть, когда в институт, занимавшийся проблемами обороны, легко мог зайти любой посторонний с улицы, мотивируя это необходимостью попасть в одну из организаций, арендующих три этажа девятиэтажного здания. В середине девяностых отчаявшиеся сотрудники института написали коллективное письмо премьер-министру. Уже стоял вопрос о закрытии института, когда премьер выделил нужные деньги для развития. На дворе был конец девяносто шестого. Следующий год, казалось, упрочил надежды, институт получил наконец решение о восстановлении государственного финансирования. Но в девяносто восьмом произошел оглушительный дефолт, и, казалось, все рухнуло навсегда. Однако и здесь «повезло». Ставший премьер-министром Евгений Примаков возглавлял до этого Министерство иностранных дел и внешнюю разведку страны. Он хорошо представлял, какими важными разработками занят институт и какой большой интерес к нему проявляют различные страны, в том числе и спецслужбы. Поэтому было принято принципиальное решение об удалении всех арендаторов и выплате всех необходимых институту средств.

Уже при новом президенте Владимире Путине институт еще более укрепили, выделив дополнительные площади за городом и средства для проведения экспериментальных работ. Нулевые годы стали временем подлинного возрождения института, когда наконец-то появились новые заказы, большие деньги и перспективы развития. Намазов начал получать приличную зарплату... Плюс зарплата жены... Теперь можно было относительно нормально существовать.

Максуд приехал в Москву после окончания школы, которую окончил с золотой медалью... Мечтал поступить в знаменитый МВТУ имени Баумана, откуда выходило большинство будущих ученых, космонавтов. Получив пятерку на первом экзамене, он автоматически был зачислен в это высшее учебное заведение... Студенческие годы пролетели быстро. И вот с новеньким дипломом прибыл в оборонный НИИ... Восемьдесят шестой год... Тогда ему исполнилось только двадцать два года и перспективы казались особенно радужными.

В двадцать пять он защитил кандидатскую диссертацию и женился на дочери своего научного руководителя — члена-корреспондента Академии наук Зайцева Вениамина Платоновича. Его миловидная дочь понравилась Максуду, еще когда он учился в МВТУ. Она часто приезжала к отцу, который работал заведующим кафедрой и уже тогда выделял среди своих учеников Намазова. Жена Зайцева была кабардинкой, и, может, поэтому он так благосклонно отнесся к стремлению Намазова познакомиться с его дочерью. Лариса оканчивала биологический факультет МГУ, и ей грозило распределение на работу куда-то в Северный Казахстан. Разумеется, ни ее родители, ни она сама этого очень не хотели. К этому времени Максуд уже несколько раз встречался с девушкой, она ему нравилась. Лариса, чтобы не уезжать в Казахстан, сама полушутя, полусерьезно, предложила оформить их отношения... Он сразу согласился, и уже в начале мая они зарегистрировались...

Сама свадьба состоялась только в сентябре; очевидно, родители все-таки решали, стоит ли соглашаться на подобный мезальянс, ведь угроза вынужденного распределения уже миновала. Но Лариса настояла на своем, и в сентябре состоялась пышная свадьба. Тесть подарил зятю и своей дочери хорошую трехкомнатную квартиру в районе метро «Аэропорт», куда они и переехали сразу после свадьбы.

Через год родилась Арина, которую назвали так в честь матери Вениамина Платоновича, бабушки Ларисы. Казалось, что все идет прекрасно. Молодой кандидат наук Максуд

Намазов имел московскую прописку, был кандидатом наук, зятем самого Зайцева и проживал в прекрасной трехкомнатной квартире в центре города. Но за окнами был уже девяностый год. Начались проблемы даже с детским питанием, невозможно было купить многие продукты. В девяносто первом распалась страна, а в начале девяносто второго, после того как правительство Гайдара отпустило цены, зарплата Намазова составляла всего восемь долларов. Лариса сидела дома с ребенком, и если бы не помощь ее отца, они бы просто умерли с голода. Приходили посылки и из Махачкалы, от родителей Максуда, которые в эти трудные годы тоже поддерживали своего сына. Но это были очень трудные годы. Намазов не стал мешочником, презрительно отвергая любые предложения заняться подобным «бизнесом». В отличие от многих своих коллег он занимался наукой, искренне полагая, что рано или поздно она кому-то понадобится. В девяносто восьмом, в возрасте тридцати четырех лет, он защитил докторскую диссертацию. Тесть был безумно рад, но Лариса устроила дома очередной скандал, заявив, что было бы гораздо лучше, если бы муж занимался бизнесом, а не этой глупой наукой, которая ничего, кроме «грошей», не дает. Она всегда приводила в пример их общего друга —

Костю Хохлова, который бросил аспирантуру, не доучившись, отказался защищаться и занялся бизнесом, продавая ширпотреб из зарубежных стран, в основном из Польши и Венгрии. Намазов всегда говорил, что Костя загубил свой несомненный талант. Среди оставшихся в институте молодых сотрудников имя Константина Хохлова стало своеобразным символом стяжательства. Однако Хохлова это мало волновало, и уже через несколько лет он стал достаточно состоятельным человеком, а в нулевые даже построил два больших супермаркета... Купил роскошный «БМВ», построил дачу за городом, переехал в новую квартиру, женился на длинноногой модели, занявшей какое-то престижное место в московском конкурсе красавиц. Лариса всегда ставила его в пример своему неудачливому мужу, который, став доктором наук, по-прежнему мог существовать только на помощь, присылаемую из Махачкалы, и деньги, которые выдавал отец Ларисы.

Может, поэтому у них так и не появилось больше детей. Лариса категорически отказывалась рожать, ядовито напоминая, что и первого ребенка они смогли содержать только за счет ее родителей. И рожать второго ребенка, когда зарплата мужа не позволяла им нормально существовать, было бы крайне безответственным поступком. С годами Максуд, мечтавший о сыне, смирился с тем, что больше детей у них не будет. Наблюдая за другими семьями, он пришел к твердому выводу, что если в семье один ребенок, то это либо медицинские проблемы с женщиной, либо плохие отношения в семье между супругами. Отношения с Ларисой в девяностые были не просто плохими, а очень плохими. Он часто ночевал на диване в кабинете, куда она врывалась, чтобы устроить очередной скандал.

Она все время напоминала ему, что эта квартира подарена отцом, и кабинет, который имеет Максуд, был тоже оборудован за счет ее родителей. При этом она каждый раз кричала, что у ребенка нет детской, тогда как он, неудачник, занял лучшую и светлую комнату. Несколько раз Максуд собирал чемодан, уходил из дома и ночевал у друга Лени Альтмана. Но каждый раз возвращался, когда Лариса звонила и просила его вернуться. Она была несколько истеричной женщиной, подверженной приступам гнева. Однако она по-своему ценила мужа, которого хвалил ее отец, уверяя, что Намазов еще станет академиком. На нее сильное влияние оказывала и мать, души не чаявшая в своем зяте. Она каждый раз уговаривала дочь первой позвонить мужу и помириться с ним. Все эти скандалы закончились тем, что кабинет переоборудовали в комнату девочки, хотя Арина почти все время жила у дедушки с бабушкой, где в большой четырех-комнатной квартире у нее тоже была своя комната. Но чтобы не усугублять отношений с женой, Максуд перевез часть книг на работу, часть просто выбросил или раздарил друзьям. А большую часть подарил Леониду Альтману, с которым работал в одном институте уже много лет.

Летом жена, забрав дочку, отдыхала на даче у родителей, куда иногда приезжал Максуд. Он почти никогда не оставался на даче, чтобы не давать возможности Ларисе устраивать скандалы в присутствии ее родителей. Иногда отец покупал дочери и внучке какой-нибудь заграничный тур, отправляя их в Прагу или Стамбул. Разумеется, никто и не думал пред-лагать такую поездку самому Максуду. Когда наконец-то Намазов стал получать прилич-ную зарплату, а устроившаяся на работу в школу Лариса начала самостоятельно зараба-тывать, они позволили себе обновить дома ме-бель, технику, купить необходимые предметы обихода. В две тысячи седьмом Арина посту-пила на филологический факультет МГУ. Она по-прежнему жила у дедушки с бабушкой, иногда появляясь у родителей. Чаще всего она появлялась дома, чтобы попросить деньги у отца. Максуда более всего на свете раздражало, что Лариса с первого дня их совместной жизни обращалась к нему по фамилии, называя Намазовым. Эта привычка передалась и дочери, которая почти никогда не называла его папой...

Через год Максуд Намазов и Леонид Альтман получили Государственную премию за свои разработки в области оборонной техники. Их поздравлял весь институт. Тесть собрал своих друзей-академиков, чтобы отметить событие. Единственный человек, который отнесся к этому достаточно равнодушно, — была Лариса. Ее интересовала только финансовая часть премии, только деньги, на которые она сделала долгожданный ремонт в квартире и поменяла мебель. Самое поразительное, что она так и не появилась на банкете в честь успеха своего мужа... И два лауреата — Намазов и Альтман — сидели без своих жен.

Когда Арина оканчивала институт, уже не было никакого распределения, но дедушка снова постарался, и внучка получила место в Институте мировой литературы. Директором института был Феликс Феодосьевич Кузнецов, старый друг дедушки, который с удовольствием согласился помочь внучке Вениамина Платоновича. За год до этого умерла бабушка Арины, мать Ларисы, которая всю жизнь пыталась сглаживать конфликты между дочерью и зятем. У нее нашли неоперабельную онкологию, и она «сгорела» буквально в несколько месяцев. Зайцев остался один. Его сын — Федор, уже пятнадцать лет проживал в Соединенных Штатах, в Сиэтле, став гражданином этой страны и женившись на американке. Детей не завели, жена была старше Федора на четыре года, и они раз в несколько лет приезжали в Москву, чтобы навестить родственников. Но в последние годы почти не появлялись, позволив себе приехать только на похороны.

Арина теперь жила все время с дедушкой. Лариса тоже довольно часто ночевала у них. Однажды Максуд предложил восстановить свой кабинет, на что получил едкое замечание, что ему достаточно и служебного кабинета, в котором он зарабатывает свои «гроши». Больше к этому вопросу они не возвращались, и он часто оставался по ночам один, так как супруга уезжала ночевать к своему отцу. Вениамин Платонович работал с зарубежными компаниями еще в восьмидесятые годы, получая деньги даже в иностранной валюте, что позволило ему не только достойно существовать в начале девяностых, но и помогать своим детям. Ему уже шел восьмой десяток, но он сохранял ясность мышления, продолжая работать заведующим кафедрой в своем университете.

Он дважды выдвигался в академики, но оба раза не набрал достаточного количества голосов. Зайцев уверял всех, что это происходило по вине коллег, не простивших ему успешных заработков в конце восьмидесятых. Он всегда был очень практичным и деловым человеком, хотя и считался достаточно успешным ученым. Как бы там ни было, он оставался членом-корреспондентом наук и уже несколько раз намекал своему зятю, что необходимо думать о продолжении научной карьеры. В сорок девять лет Максуд Намазов был доктором наук и довольно успешным ученым, чьи разработки широко использовались во многих закрытых темах оборонной промышленности.

В прошлом году Вениамин Платонович позвонил зятю и пригласил его приехать на кафедру для важного разговора. Максуд удивился, но, привычно послушавшись, приехал к тестю. Вениамин Платонович долго расспрашивал о работе и перспективах их института, вызывая еще большее недоумение зятя. И только через несколько минут решил перейти к основной теме их беседы. Это случилось ровно через два месяца после смерти его жены.

— Понимаешь, Максуд, — вздохнул Зайцев, — после того как я потерял супругу, я остался совсем один. Федор сейчас в Америке, уже получил гражданство и понятно, что никогда больше сюда не вернется. Его жена, старше его и, видимо, не собирается рожать, так как у нее есть мальчик от первого брака. А у меня теперь только внучка Арина, которая практически всю жизнь жила рядом с нами. Ты сам помнишь, что все эти годы мы бескорыстно помогали вам и Арина все время жила у нас.

— Конечно, помню, — вежливо согласился Намазов, — и я вам очень благодарен за вашу помощь.

— Надеюсь, что ты действительно это ценишь и помнишь, — сказал Вениамин Платонович, — и у тебя появилась возможность это доказать. Дело в том, что я хочу удочерить Арину. Понимаешь? Я могу завещать ей свою квартиру, дачу, машину — в общем, все свое наследство. Ты меня понимаешь?

— Да, конечно, — пробормотал несколько ошеломленный Максуд, но вы можете оставить все своей дочери и через нее — своей внучке, если хотите, конечно.

Он все еще не понимал, к чему клонит тесть.

— Можно и так, — поморщился Зайцев, — но дело не только в наследстве. Ты сам понимаешь, какие сейчас времена. У вас в Дагестане практически каждый день кого-то убивают. У нас в Москве тоже неспокойно. А здесь девочка, которая устроилась на работу в такой известный институт, проходит как Арина Максудовна Намазова. Все думают, что она непонятно кто по национальности. Ты меня извини, но иногда выглядит даже смешно, когда эта девочка говорит, что она моя внучка.

Максуд не видел в этом ничего необычного. У Арины были смуглая кожа, она была похожа на отца, и удивительно зеленые глаза, как у ее бабушки, матери Максуда. Однако овал лица у нее славянский, и она похожа на Ларису, которая в молодости была достаточно привлекательной девушкой.

— Но это ее фамилия, ее отчество, — удивился Намазов, — мы же не можем их поменять.

— Можем, — сказал тесть, — я удочерю Арину, и она станет Зайцевой Ариной Вениаминовной. Согласись, что так звучит гораздо более благозвучно. Мне тоже будет приятно, в мире останется кто-то из Зайцевых. И девочке легче. Ты знешь, что я не националист. Жена у меня была кабардинка, и мы прожили с ней душа в душу почти полвека. И против тебя я никогда не возражал. Но девочке будет лучше, если она дальше станет Зайцевой. Ты знаешь, как она стеснялась своей фамилии в институте. Она мне сама об этом рассказывала. Очень переживала, но вам не говорила. Многие даже не верили, что она внучка Зайцева, — повторил он. — Ты меня понимаешь?

Максуд ошеломленно кивнул. Он впервые подумал, что ни жена, ни дочь никогда не говорили ему о такой проблеме, хотя супруга оставила свою фамилию. Несколько лет назад, когда они встречались с приятелями, на встречу приехал и друг семьи Намазовых прокурор Руфат Ширалиев. Он подошел к Максуду, пожал ему руку, когда рядом оказалась Лариса. Она представилась как супруга Намазова и назвала себя — Лариса Зайцева.

— Безобразие, — притворно вздохнул Руфат, — что делать с нашими женами, ума не приложу. Моя супруга тоже оставила свою фамилию...

— Безобразие? — нахмурилась, не понявшая юмора Лариса.

— Лошадь Пржевальского взяла его фамилию, — пояснил Руфат, — а наши супруги не хотят брать фамилии мужей. Просто безобразие.

Все вокруг рассмеялись его шутке. Но Лариса явно не оценила юмора. Она отошла от них и весь вечер как-то странно смотрела на мужа. Может, уже тогда она размышляла о том, что дочери лучше сменить фамилию и отчество. Максуд подумал, что это могла быть идея его супруги.

— Что я должен сделать? — с некоторым вызовом спросил он. — Отказаться от своей дочери?

— Нет, — ответил Зайцев, — ты ее отец, и этого права у тебя никто не отнимает. Просто я ее удочерю, чтобы не возникало в будущем проблем с наследством. Кто знает, может, эта американская жена моего сына завтра подаст на развод и потребует часть имущества своего бывшего мужа, который сможет претендовать и на мое наследство? Я думаю, что так будет правильно. И для самой Аришки. Так будет удобнее. И ей позволит чувствовать себя достаточно комфортно.

— А она сама знает?

— Конечно. И с Ларисой я тоже советовался.

— Не сомневаюсь, — ответил Максуд, — и она, конечно же, не была против. Может, это была ее идея?

— Не нужно так, — попросил тесть, — ты знаешь, в каком она сейчас состоянии. Потеряла мать... Ей сейчас и так очень тяжело. Ты должен быть рядом, поддерживать ее, соглашаться с ней.

— Это я делаю всю свою жизнь, — сказал Намазов, — если у вас больше нет ко мне никаких предложений, позвольте я вернусь на работу.

— Значит, ты согласен? — спросил Вениамин Платонович.

— Делайте как считаете нужным, — ответил Максуд и вышел из кабинета.

Вечером он спросил Ларису, знает ли она о предложении отца.

— Знаю, конечно, — спокойно ответила Лариса, — я не понимаю, что тебя удивляет? Это нужно было сделать давно, еще когда она меняла паспорт, но моя мать категорически не соглашалась, считая, что у девочки должен быть родной отец и твоя фамилия. Она сама взяла фамилию моего папы и всегда говорила, что мы обязаны гордиться его фамилией. Хотя, если честно: какой ты отец? Все для нее делал мой папа. И квартиру нам сделал, и нас содержал, и ее тоже. Ты должен его благодарить, что он хочет оставить все наследство Арине. У тебя появилась редкая возможность — хоть как-то отблагодарить моего отца за все эти годы твоей бестолковой жизни.

— Замолчи, — закричал, теряя терпение, Максуд.

— И не нужно на меня орать, Намазов, — сразу встрепенулась Лариса, — ты сам все прекрасно понимаешь. Меня всегда трясло, когда я слышала, что моя дочь Арина Намазова. Только этого не хватало. Меня, тогда глупую девчонку, уговорила выйти за тебя замуж моя глупая мать, которая всегда была от тебя в восторге. Нашла своего земляка-кавказца.

— Ты хотя бы об умершей матери так не говорила, — махнул рукой Намазов.

— А ты меня не упрекай. Думаешь, почему она так рано ушла? Это из-за наших отношений. Она все видела, все понимала. Я месяцами у них на даче одна живу, без мужа. А я, между прочим, молодая женщина. Мне только сорок шесть лет. И мы до сих пор сидим на шее у моего отца. А тебе через год — пятьдесят. И ты загубил мою жизнь. Типичный неудачник. Тебе самому не стыдно? Теперь хочешь загубить жизнь нашей дочери?

— Делайте что хотите, — отмахнулся Максуд, выходя из комнаты.

С Ариной он не стал ничего выяснять. Было слишком больно. Через два месяца дочь стала Ариной Вениаминовной Зайцевой...

Сегодня был один из тех немногих дней, когда Лариса ночевала дома и уже с утра стала укорять мужа, что второй холодильник почти не дает холода.

— Нужно купить нормальный холодильник, — уверенно говорила она, — или у тебя опять нет денег и мы пойдем побираться к отцу?

— Сколько стоит холодильник? — устало спросил Максуд, уже понявший, что нужно вставать. Она все равно не даст ему уснуть.

— А ты не знаешь?

— Сто или двести долларов? Возьми и купи.

— Намазов, ты совсем сошел с ума в своем дурацком институте. Хороший холодильник стоит не меньше тысячи долларов. Неужели даже такой элементарной вещи ты тоже не знаешь...

— Мы же хотели накопить деньги для покупки машины для Арины, — напомнил Намазов.

— Машину ей подарит мой отец. А ты дай деньги на новый холодильник.

— Я сниму с карточки и вечером оставлю тебе на тумбочке, — решил Максуд, — у тебя все? Или я должен еще выслушать порцию твоих оскорблений?

— Ты сам заслужил все эти слова, — еще больше разозлилась супруга, — пока другие люди стали миллионерами, ты все еще сидишь в своем дурацком институте. Все штаны протер за двадцать с лишним лет. Общаешься с дегенератами и такими же неудачниками, как ты сам.

— Это все из-за холодильника?

— Нет. Это все из-за тебя, — взвизгнула она, — четверть века я живу с неудачником. Скоро уже двадцать пять лет. Ничего не позволяю себе купить, хожу в тряпье, не могу позволить себе даже новый холодильник, чтобы продукты не портились. Каждый раз думаю, будут ли у тебя деньги. Или снова придется клянчить у моего отца. У меня развился «синдром нищенки» из-за тебя.

— Почему? — возразил Максуд, хотя знал, что этого лучше не делать. — Я сейчас зарабатываю приличные деньги. И у нас два холодильника.

— Какие деньги? Это разве деньги? У нас нет ни своей машины, ни дачи, и мы живем в квартире, которую подарил нам мой отец. Вот у Кости Хохлова есть деньги, его дура-жена каждый раз меняет бриллианты и не думает об испорченном холодильнике. Мне уже стыдно просить у моего старого отца деньги. И я надеваю мамины старые безделушки, которые сейчас носят уборщицы. И ты еще смеешь говорить, что зарабатываешь приличные деньги?

Зная, что ее уже не остановить, пошел в ванную. Завтракать тоже не стал. Она продолжала бушевать, обвиняя его во всех возможных грехах. Было грустно и неприятно. Но он поймал себя на мысли, что его уже давно не волнуют ее слова. И все ее оскорбления. Ведь у него уже полтора года есть Майя, и он может позволить себе оставаться равнодушным к любым словам своей супруги.

ГЛАВА 2

Он познакомился с ней два года назад. К ним в институт должен был приехать корреспондент популярной молодежной газеты, чтобы рассказать о работе их научного учреждения. Разумеется, статью надо согласовывать с заместителем директора института по режиму, который проверял ее на предмет сохранения секретности. Но в связи с резким увеличением военного бюджета на будущий год было принято решение рассказать о новых разработках в области обороны, и выбор пал именно на их институт. В это утро Намазова вызвал к себе Андрей Алексеевич Кондратенко, директор их института, которому недавно исполнилось семьдесят лет. У директора было прекрасное настроение: во-первых, увеличен бюджет почти на тридцать процентов, во-вторых, он стал академиком... Кондратенко считался серьезным ученым и умудрился ни с кем не конфликтовать в эти сложные годы, занимаясь своими разработками. Его коллеги почти единогласно избрали Андрея Алексеевича в состав академии. Кондратенко понимал и ценил Намазова, который в трудные годы не бросил науку. И считал Максуда одним из самых талантливых ученых в своем институте.

— Сегодня приедет корреспондент, которому разрешили написать про нас, — пояснил Кондратенко, — конечно, в рамках дозволенного. Я бы хотел, чтобы вы с ним встретились, Максуд Касумович, и рассказали о ваших последних успехах. Разумеется, в общих чертах. Я хотел поручить Альтману, который любит общаться с журналистами, но он улетел в командировку, и вы знаете, что он вернется только через две недели.

— Знаю, — улыбнулся Намазов. Альтман был не только его самым близким другом. Они трудились в соседних кабинетах, оба почти одновременно защитили докторские диссертации, оба оставались в институте в самые сложные времена. Оба женились в достаточно молодом возрасте. Супруга Альтмана сразу после дефолта ультимативно потребовала покинуть страну, и когда муж отказался, подала на развод, уехав в Израиль вместе с их сыном. Сейчас мальчик был уже большой и его призвали в израильскую армию. Это была постоянная тревога отца, который ежедневно звонил сыну, справляясь, как у него дела, и после каждого сообщения о конфликте на Ближнем Востоке доставал свой мобильник. Темы они разрабатывали общие и ездили в командировки на полигоны по очереди.

— В общем, вы сами все знаете. Приедет этот журналист, фамилия его Георгадзе, — посмотрел свои записи Кондратенко, — примите и переговорите с ним. Вы у нас лауреаты, вместе с Альтманом, можете немного рассказать о темах своих разработок...

— Хорошо, — кивнул Намазов, — когда он приедет?

— После перерыва, — вспомнил Кондратенко, — только примите его в нашем малом конференц-зале, а не у себя в кабинете. Но вы сами знаете наши требования. Его встретят и проведут для беседы с вами.

После обеденного перерыва Максуд прошел в малый конференц-зал, где сидела девушка: очевидно, лаборантка, которую прислали встретить корреспондента, недовольно подумал Намазов, словно он один не справится с этим корреспондентом. Он даже не смотрел в ее сторону, только сухо поздоровался. Наверное, из новеньких, в последние три года им существенно увеличили штаты. Возможно, она будет сидеть здесь, чтобы помогать ему во время интервью. Или помогать корреспонденту.

Он прошел к другому краю стола и посмотрел на часы. Уже третий час. Интересно, когда появится этот корреспондент? Почему он задерживается. Максуд начал просматривать свои бумаги.

— Извините, — услышал он голос незнакомки, — это вы господин Намазов.

— Да, — он поднял голову. И увидел ее глаза. У нее были красивые миндалевидные глаза. И умный взгляд.

— Я корреспондент, которая должна с вами встретиться, — пояснила незнакомка.

— Простите, — удивился Намазов, — мне говорили... Я думал... Георгадзе...

— Все правильно... Я корреспондент Майя Георгадзе.

— Да, — согласился Максуд, — А я думал, что вы наша новая лаборантка.

— Я так и поняла, — весело сказала она. У нее были коротко постриженные волосы, смешная челка и фигура подростка. Хотя по глазам было заметно, что она достаточно взрослый человек.

— Вы давно работаете в газете? — спросил он.

— Уже шесть лет. А до этого была специальным корреспондентом в другой газете, — она назвала молодежную газету, — вас смущает мой вид. Я знаю, что выгляжу моложе своих лет.

— Если можно, один личный вопрос с моей стороны до начала нашего разговора. Сколько вам лет? — спросил он, сознавая, что вопрос бестактный.

— Уже тридцать, — ответила она, — достаточно солидный возраст для вашего учреждения? Или нет? Как вы считаете?

Он засмеялся. Ему понравился ее ответ. Он думал ей гораздо меньше. Но ее выдавали глаза. У нее был внимательный, требовательный взгляд умной женщины.

— Садитесь поближе и задавайте ваши вопросы, — предложил Намазов.

— Спасибо, — она легко поднялась и пересела. У нее действительно была мальчишеская фигура, отметил он. Небольшие груди. Со стороны ее можно было принять за подростка. Она села рядом с ним. Достала магнитофон.

— Не возражаете?

— Нет. Но потом вы должны будете прислать ваше интервью, чтобы его проверили, — напомнил Намазов. — Извините, но у нас такие порядки.

— Меня предупреждали, — сказала она, — можете не беспокоиться. И меня предупредили, что вы один из самых известных ученых в этом институте. Можно один личный вопрос, до того как мы начнем интервью?

— Хотите узнать, сколько мне лет? — улыбнулся Намазов.

— Мне интересно.

— Много, — вздохнул он, — сорок семь. Вам кажусь старым динозавром.

— Не кокетничайте, — полушутя произнесла она, — вы хорошо сохранились для своего возраста. Занимаетесь спортом?

— В молодости играл в волейбол, — вспомнил он, — но сейчас уже давно не играю, хотя форму пытаюсь сохранить.

— У вас почти нет седых волос и отсутствует «пивной животик», — весело добавила Майя.

— Спасибо, — ему были приятны ее слова, — давайте ваши вопросы. Постараюсь ответить на них максимально честно. В пределах возможного...

Потом было интервью. Он действительно рассказывал ей довольно обстоятельно, не забывая о важности сохранения секретности некоторых моментов, которые он сознательно обходил. Ему было приятно видеть ее внимательный взгляд, отвечать на ее вопросы. Через час все закончилось.

— Благодарю вас, — она убрала магнитофон в сумку, — обещаю прислать вам это интервью на визу.

— Это не только мне, — признался Намазов.

— Я знаю, — кивнула Майя, — можно еще два личных вопроса?

— Давайте. Только потом я задам свои, — неожиданно для самого себя сказал он.

— Вы москвич?

— Уже много лет москвич. Я приехал сюда в семнадцать лет, поступать в МВТУ имени Баумана. А так как у меня была золотая медаль, то сразу после сдачи первого экзамена меня приняли. В восемьдесят шестом я получил распределение на работу в наш институт и уже двадцать пять лет здесь работаю, — вспомнил Максуд. — Сначала был младшим научным сотрудником, потом старшим, защитил кандидатскую, докторскую. Все как обычно. А какой второй вопрос?

— Вам не кажется, что в этой постоянности есть нечто от конформизма? — неожиданно спросила она. — Согласитесь, что столько времени работать в одном институте, когда за окнами меняются режимы, распадаются страны, происходят такие потрясения... А вы сидите здесь с восемьдесят шестого года. Только не обижайтесь на мой вопрос. Мне самой интересно. С вашим талантом и знаниями, да еще разрабатывая такие уникальные военные темы, вы могли стать очень обеспеченным человеком на Западе.

— Я никогда об этом не думал, — признался Намазов, — мне всегда нравилась моя работа, даже тогда, когда я получал здесь восемь долларов в месяц. В девяносто втором такая зарплата у нас была. Ничего, как-то смогли выжить. Хотя тех, кто ушел, я не осуждаю. Не все могли выдержать такой пресс. Это не конформизм, это нормальное увлечение делом, которым занимаешься. Если хотите, как любовь — одна на всю жизнь. Необязательно мотаться по разным работам или встречаться с разными женщинами. Некоторым везет в жизни, и они влюбляются только один раз. Мне повезло. Я выбрал интересную работу, которая стала любимой.

По ее глазам было заметно, что ей понравился его ответ. Он не мог ни заметить, как она прореагировала на его слова.

— Какие у вас вопросы? — в свою очередь, спросила Майя.

— Вы замужем? — Он бы никогда в жизни не поверил, что способен задать такой вопрос молодой женщине, которую видел впервые в жизни.

— Это имеет отношение к теме нашей статьи? — лукаво спросила она.

— Можете не отвечать, — пробормотал он.

— Нет, — честно ответила она, глядя ему в глаза, — мне повезло меньше. Видимо, я не такой однолюб. Ни в работе, ни в жизни. У меня был муж... А второй вопрос?

— Я могу вам позвонить? — спросил он.

— Конечно, — легко согласилась она, протягивая свою визитную карточку, — мне будет даже интересно. Никогда не встречалась с человеком, у которого есть такая страсть. Одна и на всю жизнь. В личной жизни вы тоже однолюб?

— Видимо, не совсем, — признался он.

Оба улыбнулись. Она забрала свою сумку и пошла к выходу. Обернулась и помахала ему ладошкой. Он остался сидеть на своем месте. И просидел так еще минут десять или немного больше. У него в жизни уже давно не было ничего подобного. С Ларисой он встречался в молодости, четко представляя, что никакого адюльтера или флирта не будет. Она ему по-своему нравилась, хотя он понимал, что не был влюблен. Но для кавказского мальчика, снимающего комнату на дальней окраине Москвы, женитьба на дочери такого известного ученого, как Вениамин Зайцев, была уникальным шансом...

Он понимал, что и Лариса не была в него особенно влюблена. Но ей нравился этот молодой, высокий, подтянутый, красивый кавказец, которому все в один голос сулили большое будущее. К тому же сказывалось влияние ее матери. Перед предварительным распределением стало понятно, что избежать вынужденной поездки в Кахастан учителем средней школы практически не удастся. Нужно было выбирать, и Лариса сделала правильный выбор, остановившись на нем и сама предложив оформить их отношения. Самое поразительное, что они так и не позволили себе никаких интимных встреч. Даже после того, как зарегистрировали свои отношения. Примерно через неделю после этого он пригласил ее в свою комнату и попытался поцеловать свою законную жену. Она не возражала, но, когда он попытался пойти еще дальше, она решительно возразила.

— Нет, — твердо произнесла Лариса, — только после свадьбы. У нас так принято. Надеюсь, ты понимаешь, что это просто неприлично. И пока не будет свадьбы, мы не будем с тобой делать этого.

Он не стал возражать. Потом, в течение нескольких месяцев, они еще несколько раз встречались в его однокомнатной квартире. Ласки становились все более откровенными... Наконец она позволила даже раздеть себя. Но по-прежнему не разрешала переступать грань, отделяющую ее от прежней девичьей жизни. Хотя было понятно, что ей самой интересны эти новые ощущения. За неделю до свадьбы она решилась... Нет, она не испытала особого восторга, но новые ощущения ей понравились. Потом была свадьба, их романтический период, когда они позволяли себе заниматься сексом почти каждую ночь. Но уже через несколько месяцев она обнаружила, что ждет ребенка. И сразу категорически отказалась от близости, пояснив, что это может повредить их будущему первенцу. После рождения ребенка почти через четыре месяца она разрешила очередную близость. Но затем начались потрясения начала девяностых, в доме почти не было денег и еды. Приходилось все время ждать помощи от ее отца. Это не могло не сказаться на их отношениях. Они все более и более отдалялись друг от друга... Ее выводила из себя инфантильность мужа, его нежелание сменить работу и зарабатывать деньги. Летом она уезжала на дачу к отцу, и иногда месяцами они не виделись. С годами близость происходила все реже и реже. Иногда раз в месяц, иногда раз в два месяца. Именно в тот год, когда он познакомился с Майей, у матери Ларисы нашли эту проклятую опухоль, и им стало уже не до секса. А Лариса чаще гостила у больной матери, чем оставалась дома.

За годы, пока они были женаты, он позволил себе изменить супруге только дважды. В первой раз это случилось в Киеве, куда он приехал в девяносто седьмом для встречи с коллегами и где познакомился с Кирой, которая сама проявила инициативу, буквально затащив его в постель. А второй случай был вообще курьезным. Они поехали в Санкт-Петербург с приехавшим из Новосибирска молодым человеком, сыном известного академика. Ночью после бурной попойки сын академика отправился на поиски острых ощущений и вернулся с двумя девицами, одну из которых благородно уступил своему коллеге. На следующее утро Намазов так и не мог вспомнить, как звали эту веселую девицу, за услуги которой они заплатили. Он даже не очень помнил саму встречу, все было в тумане, немного смешно и совсем не стыдно. Поэтому он даже не знал, можно ли считать такую встречу изменой супруге. Но больше никаких встреч с женщинами у него не было...

Встреча с Майей Георгадзе изменила его жизнь. Она позвонила ему сама через два дня и сообщила, что статья готова. Они договорились встретиться в каком-то небольшом кафе, рядом с институтом. Он хорошо помнил этот весенний день. На улице шел сильный дождь, и он беспокоился, что она не приедет. Но она появилась: растрепанная, мокрая, продрогшая. Без зонта она бежала под дождем, прикрываясь своей сумкой. Но обоим было весело. Она передала ему статью, и они договорились встретиться завтра, когда статью просмотрит их заместитель директора. В синем платье Майя походила на молодую женщину времен двадцатых годов. Когда она причесала мокрые волосы и села перед Намазовым, он честно признался, что она похожа на женщин Фицджеральда.

— Жеманные кокотки, — возразила Майя, — и Николь, и ее сестра Бэби из «Ночь нежна», а также Дэзи из «Великого Гэтсби». Да и к тому же достаточно практичные, особенно Бэби.

— Я бы не назвал Дэзи только жеманной кокоткой. Она умела постоять за себя, как и Бэби, — напомнил он.

Оба понимали друг друга. Встретить человека, знакомого с творчеством модного американского писателя середины прошлого века, даже в просвещенной Москве становилось все труднее и практически невозможно. Майя добавила:

— Мне больше нравятся дамы из сороковых, которые выживали и любили вопреки всему. Даже вопреки смерти. Ведь любят всегда вопреки. Разуму, обстоятельствам, времени, месту, иногда даже вопреки собственным желаниям. Разве вы так не считаете?

Его поразила эта фраза молодой женщины. Она глубоко по-своему понимала книги Фицджеральда... На следующий день он вернул ей статью, в которой почти не было никаких сокращений, и пригласил на ужин. Она согласно кивнула. Вечером они отправились в один из ресторанов, о которых он много слышал. Его удивили цены. Почти заоблачные. Но к этому времени финансирование института было налажено и на его счету в банке лежало около шести тысяч долларов. Счет за ужин составил около четырехсот долларов, далеко не самый крупный счет, который мог появиться на его столике после ужина.

Потом он провожал ее домой. Она жила недалеко от Белорусского вокзала, где у нее была своя двухкомнатная квартира. На удивленный вопрос своего спутника пояснила, что после смерти бабушки ей осталась ее квартира на Остоженке и еще однокомнатная квартира на Хорошевском шоссе, которую ей «любезно» оставил муж. Обменяв эти две квартиры, она переехала в старый дом у вокзала, почти в самом центре. Майя — коренная москвичка, ее прадедушка переехал сюда еще в начале прошлого века. Отец — грузин по отцу и осетин — по матери. У Майи три старших брата, и когда появилась она, в доме был настоящий праздник. Родители мечтали о девочке. Все это она рассказала ему во время ужина. Когда они подошли к дому, он поцеловал ей руку на прощание. Она повернулась, чтобы войти в дом. Затем, подумав несколько секунд, снова повернулась к нему.

— Я понимаю, что это звучит пошло и некрасиво, — призналась Майя. Но если я предложу вам подняться ко мне, вы не будете считать меня откровенной нахалкой?

Он молча покачал головой. Потом они долго поднимались по лестнице на четвертый этаж. И так же долго она открывала свои двери, словно перепутав ключи от своих двух замков. А потом они вошли в ее квартиру, он запер дверь и взглянул на нее. Дальше был долгий поцелуй. Он не помнил, как они раздевались, не помнил, как оказались в ее спальне. Но это была самая волнующая ночь в его жизни. В течение первого часа он даже не решался перейти к более тесному контакту, осыпая ее тело поцелуями. А потом была бешеная гонка, словно он решил взять реванш за все годы вынужденной паузы, и они неистово предавались любви, снова и снова позволяя себе увлекаться этой страстью. За окнами начиналось утро, когда оба, выдохшиеся и усталые, наконец заснули. Ему отчасти повезло. В эту ночь Лариса осталась у матери. Суббота... Проснувшись в двенадцатом часу дня, он с удивлением и вожделением разглядывал тело молодой женщины, которая совсем не была похоже на подростка. А потом снова была бешеная гонка, он удивлялся своему темпераменту, словно дремавшему все эти годы.

ГЛАВА 3

С Майей он теперь встречался почти каждую неделю. Иногда позволяя себе даже оставаться у нее на ночь. Два или три раза его искала Лариса, которая не понимала, почему он не ночует дома. Выручал Альтман, который уверял, что Максуд только недавно вышел от него и оба были заняты разработкой новых научных проблем. Лариса перезванивала на мобильный, убеждалась, что все в порядке, и оставалась ночевать у отца. Однажды она вернулась домой, и ему пришлось срочно возвращаться, чтобы не разоблачить себя. Лариса даже не спросила, где он был, привычно сухо кивнув ему при встрече. А Майя обиделась и целых две недели не отвечала на его звонки, пока он не приехал в редакцию.

— Так дальше не может продолжаться, — убежденно произнесла Майя, — ты говорил мне, что уже давно не живешь с женой, но, как только она появляется дома, ты сразу бросаешь все и летишь обратно домой. Получается, что ты до сих пор зависишь от нее. Или ты мне врал, когда говорил о том, что у вас давно нет интимных отношений?

— Я говорил правду, — пробормотал Максуд, — мы давно живем как чужие люди. Она говорила, что нужно удачно выдать замуж Арину, и до ее свадьбы она не позволит себе разводиться. К тому же сейчас тяжело больна ее мать, и я не хотел бы взваливать на Ларису еще такое бремя, как наш развод. Можно немного потерпеть.

— Что с ее матерью? — спросила Майя.

— У нее онкология. В последней стадии, — пояснил Максуд, — врачи дают только несколько месяцев. Удивительно мужественная и стойкая женщина. Даже в такие дни она больше думает о наших отношениях, о счастье Арины, об устройстве своего сына в Америке, чем о самой себе.

— Я понимаю, — неожиданно тихо сказала Майя, отвернувшись, — у меня мама умерла четыре года назад из-за этой болезни. А в прошлом году папа женился снова. Поэтому меня так поразили твои слова об однолюбах. Мама его безумно любила, а он оказался не готов жить один. Ладно, не будем...

Больше они не говорили на эту тему. Через два месяца умерла мать Ларисы. А еще через два месяца Вениамин Платонович предложил Максуду разрешить удочерить Арину и сменить ей фамилию. Максуд ни разу не позволил себе сказать дочери, как ему было больно и неприятно услышать подобные слова от ее дедушки. С Ларисой говорить на эту тему просто бесполезно. Единственный человек, которому он признался, — была Майя. Она выслушала его и возмутилась.

— Почему ты ничего не говоришь своей дочери? — гневно спросила она. — В конце концов, это твоя дочь, и ты ее законный отец. Стукни кулаком по столу и скажи, что ты не разрешаешь ей менять фамилию.

— Любой юрист тебе объяснит, что совершеннолетний человек имеет право брать любую фамилию, в том числе и материнскую, — пояснил Максуд. — Я не хочу говорить с ней на эту тему, если она сама молчит. Просто очень неприятно, когда такое происходит в жизни. Хотя все давно шло именно к этому. В девяностые годы было слишком сложно выживать без помощи родителей Ларисы. Я принимал их помощь и уже тогда понимал, что нужно будет платить за эту поддержку. Сначала они забрали Арину, потом на лето с ними уезжала Лариса, затем Вениамин Платонович отправлял их в зарубежные туры, даже не предлагая мне присоединиться к ним, а я вынужден был молчать, ведь поездки оплачивал именно он. Нужно было тогда проявлять свою гордость, отказываясь от помощи. Но это было просто невозможно. Тогда нужно было бросить мою работу и ездить в Турцию на заработки с этими мешочниками. Для доктора наук это более чем унизительно.

— Я тебя понимаю, — вздохнула Майя.

Больше к этой теме они тоже не возвращались. Однажды он рискнул и предложил ей поехать на два дня в Прагу. Майя охотно согласилась. Ларисе он сообщил, что выезжает в командировку. Это был самый лучший уикэнд в его жизни. Два дня пролетели как одно мгновение. Домой он вернулся почти счастливым. И на следующий день Лариса сообщила ему, что Арина встречается с сыном высокопоставленного чиновника, который хочет познакомиться с родителями девушки.

— Он знает, что ты доктор наук и работаешь в каком-то научном закрытом институте, — добавила Лариса, — постарайся не говорить глупостей за столом и вообще лучше молчи, чтобы не позорить нашу дочку. И не надевай свои дешевые часы. Сейчас никто не носит часы дешевле двадцати-тридцати тысяч долларов. А твои часы стоят только семьсот долларов.

— Хорошо, не надену. Что еще? Одолжить у кого-нибудь приличный галстук? — разозлился Максуд.

— У тебя есть хороший галстук и новый костюм. Кстати, в последнее время ты явно стал лучше одеваться. Вот твой галстук в горошек мне очень нравится.

Максуд угрюмо кивнул. Он вспомнил, что этот галстук ему подарила Майя на день рождения. Через два дня они отправились на встречу с родителями молодого человека, который работал в международном управлении крупной нефтяной компании. Его отец был заместителем руководителя налоговой инспекции столицы. Они проживали в роскошном двухэтажном пентхаусе, и Лариса несколько раз незаметно толкала мужа в бок, чтобы он понимал, как именно должны жить состоятельные люди.

Отец жениха был толстым мужчиной среднего роста, среднего возраста и среднего ума. Он хохотал над собственными шутками и радовался жизни как ребенок. Уже через пять минут Максуду стало скучно с этим жизнерадостным толстяком, который умел делать деньги и совсем не знал ни мировой литературы, ни живописи, ни науки. «Для того чтобы в наше время быть счастливым и успешным человеком, необязательно знать Босха или Борхеса», — подумал Намазов. Можно прожить и без них, сделав хорошие деньги на работе в налоговой инспекции. В который раз он убеждался, что заработанные деньги никак не совпадают с интеллектом их обладателя. И если на Западе нужен был интеллект Гейтца или Джобса, чтобы стать очень богатым человеком, то в странах бывшего Союза достаточно получить хорошую должность и доступ к государственным бюджетным средствам...

Супруга хозяина дома была похожа на него. Еще более среднего ума и такая же круглая, благообразная, успешная, смешливая и счастливая. Когда появился молодой человек, Максуду захотелось расхохотаться. Это был клон родителей. Среднего роста, с круглым лицом, похожий на отца, такой же добродушный и счастливый. И такого же среднего ума. Арина была выше него на целых полголовы, она пошла ростом в Максуда.

«Интересно, что она нашла в этом придурке, — раздраженно подумал Максуд, — неужели ей комфортно рядом с таким болваном?»

Достаточно посмотреть в его пустые глаза, чтобы все понять.

И словно отвечая на его вопрос, Арина сообщила, что они были на выставке новых машин и Кирилл, так звали этого молодого человека, выбрал себе новую «Ауди», которую ему обещал купить отец.

— Он выбрал самую лучшую машину, — восторгалась дочка.

— А мы ее купим, — весело сообщил отец Кирилла, — он мне звонил и уже все рассказал. Я обещал купить ему любую машину, какую он сам захочет. А то неудобно ездить на обычном «Мерседесе» пятилетней давности.

И он расхохотался довольный своей шуткой. За ним засмеялась его жена, чей бочкообразный живот начал подниматься в такт смеху. Потом засмеялись Кирилл, Арина и Лариса. Максуд попытался улыбнуться. Он был здесь чужим, на этом «празднике жизни». Влияние самой Ларисы и ее практичного отца сказалось на Арине. Она не видела, каким пустым и глупым был ее избранник. Она видела только новую машину и хорошую должность отца Кирилла. «Возможно, она поступает правильно», — подумал Максуд. Во всяком случае, он не будет жить на восемь долларов в месяц, занимаясь глупой наукой, и ждать помощи от родителей. Он даже испугался этой мысли. Значит — все напрасно? Напрасно он столько лет занимался наукой, которая не принесла ему ничего, кроме разочарований. Ни хорошей квартиры, ни успешных заработков, ни приличной машины. За это время он потерял свою дочь и выслушивал оскорбления со стороны своей жены. Может, нужно было вместе с Костей Хохловым торговать продуктами, чтобы стать богатым человеком? Может, тогда Арина и Лариса его больше бы уважали?

— О чем вы задумались? — радостно спросил отец Кирилла. — Пробуйте вино, мне говорили, что это хорошее французское вино. Из Бургундии. Кажется, мушкетер д'Артаньян был из Бургундии.

— Нет, — ответил Максуд, — он был из Гасконии. А бургундское вино они просто любили.

Наступила секундная пауза.

— Значит, я ошибся, — весело согласился хозяин дома, и все снова заулыбались.

Лариса натянуто улыбнулась, Арина нахмурила брови. Максуд подумал, что напрасно поправил хозяина. Его дамам явно не понравилась подобная осведомленность.

— Мне говорили, что вы работаете на Министерство обороны, — добродушно продолжал хозяин квартиры.

— У нас институт занимается оборонными разработками, — пояснил Намазов.

— Это очень хорошо. Сейчас очень много денег выделяют на оборону, — сообщил отец Кирилла, — у нас в бюджете это главный приоритет.

Он сообщает это с таким видом, словно эти деньги должны были попасть в карман самого Намазова. Максуду стало даже смешно, но поправлять своего собеседника уже не хотелось.

— У нас на втором этаже четыре комнаты, — сообщила хозяйка, — мы хотели сделать две спальни, нам и Кириллушке, а еще библиотеку и домашний кинотеатр. Но решили сделать вместо библиотеки спортивный зал, где установили тренажеры. Нужно думать о своем здоровье в первую очередь.

— Конечно, — не удержался от сарказма Максуд, — тренажерный зал важнее всего.

Лариса прикусила губу, выразительно взглянув на него, чтобы он замолчал.

— У нас есть книги в кабинете, — показала в сторону кабинета хозяйка, — поэтому на втором этаже только две спальни. Но мы, конечно, можем убрать тренажеры и сделать комнату для ребенка, если у нас появится внук или внучка.

Все опять заулыбались, даже Лариса. Арина благосклонно кивнула. Мать Кирилла взглянула на мужа.

— Ариночка первый раз у нас дома, — напомнила она, — у тебя был какой-то небольшой подарок.

— Правильно, — согласился муж, — это подарок от нас. Кирилл еще успеет сделать свои подарки, — он поднялся и вышел в другую комнату. Вернулся через минуту с дорогим кулоном и повесил его на шею Арины. Максуд увидел, как счастливо улыбается дочь.

«Мещанка, — огорченно подумал он, — слишком много времени провела у Зайцевых. Хотя почему мещанка? Она хочет хорошо одеваться, носить дорогие украшения. Все понятно. Ну и черт с ним, что у них нет библиотеки, которую заменили на тренажерный зал. С их телесами им скорее нужен такой зал. Арина может быть гораздо счастливее с этим болваном и его родителями, чем с рефлексующим ученым, который не зарабатывает денег на такой кулон. Кажется, Вольтер говорил, что абсолютно счастливый человек должен иметь злое сердце, хороший желудок и совсем не иметь совести».

— Большое спасибо, — сказала Арина и даже поцеловала этого жирного борова в щеку, отчего тот пришел в полный восторг.

Лариса тоже счастливо улыбнулась. Максуд не захотел притворяться. Он поднял бокал и молча выпил свое вино.

Вечером Кирилл и Арина уехали на вечеринку в какой-то клуб, а Максуд и Лариса после ужина вышли ловить такси. Уже в салоне машины Лариса больно ударила в бок мужа.

— Совсем необязательно было демонстрировать свою ученость, — пробормотала она, — какая разница, откуда родом этот мушкетер. Воспитанные люди не перебивают хозяев и соглашаются с ними во всем.

— Даже если он ошибается? Он перепутал провинции.

— Какая разница, из какой провинции Франции этот мушкетер? — уже окончательно разозлилась Лариса. — От того, что ты знаешь название этой провинции, у тебя ума не прибавляется. И денег тоже. Ты видел, как живут умные люди. У них двухэтажная квартира и единственный сын. Нужно держаться за такого парня двумя руками. А ты лезешь со своими возражениями. Бога должен благодарить, что такой молодой человек оказался рядом с Ариной. Или ее тоже нужно выдавать за нищего, как меня? Найти какого-нибудь таджика или киргиза, который совсем не умеет говорить по-русски и живет в бараке. Ты хочешь, чтобы у Арины был такой муж? Чтобы она всю жизнь нищенствовала, как ее мать?

— Я не из барака, — устало возразил Максуд, — я все-таки доктор наук.

— Кому это нужно? Все твои дурацкие статьи и работы, они приносят нам деньги? Ты слышал, что ему покупает отец. И какой подарок он сделал нашей Арине. И ведь еще они не жених с невестой. Умные люди сделали себе состояние в девяностые годы, пока ты сидел в своем институте. Даже мой отец сумел сделать деньги в отличие от тебя.

— У твоего отца были зарубежные партнеры, — напомнил Максуд, — а наша тема была закрытой для зарубежных партнеров. И еще, твой папа всегда умело делал деньги. У меня не имелось таких талантов.

— Что у тебя было? — разозлилась Лариса. — Только твоя наука, которая не смогла обеспечить нам достойное существование. Ты подумай над этим. Ты сможешь дать дочке приличное приданое? Хорошо, что есть мой отец, который обещал все сделать. Он ведь ее удочерил, хотя всегда был ей настоящим отцом.

— Остановите машину, — потребовал Максуд.

— Не валяй дурака, — зло сказала она, вцепившись в него руками.

Водитель остановил машину.

— Езжайте, — крикнула она.

— Стойте, — приказал он.

Водитель обернулся к ним. Это был пожилой человек лет шестидесяти.

— Вы сами разберитесь друг с другом, — посоветовал он, — а потом решите, что мне делать.

Максуд вышел из салона машины, хлопнув дверью. И пошел в противоположную сторону.

— Домой можешь не приходить, — закричала ему вслед Лариса.

Машина тронулась с места. Он медленно шел по тротуару. Нужно было понимать, что визит в эту семью закончится скандалом. Разрыв между их доходами был слишком явным. Доктор наук, имеющий несколько патентов и научных открытий, не получал и сотой доли того, что имел чиновник средней руки, работающий в налоговой инспекции. Это было понятно еще до того, как они оказались в шикарной квартире. И с точки зрения самой Арины, ее матери и дедушки, это была блестящая партия, на которую нужно было немедленно соглашаться.

Максуд дошел до станции метро и спустился вниз. В этот вечер он демонстративно не пришел домой, отправившись к Майе. Он отключил свой мобильный телефон, только позвонил Леониду Альтману, попросил:

— Если будет звонить Лариса, скажи, что не знаешь, где я нахожусь.

— Нарочно нарываешься на скандал, — понял умный Леня.

— Да, — ответил Максуд, — рано или поздно я все равно должен буду расставить эти точки.

— По-моему, рано, — напомнил Альтман, — ты сам говорил, что вы ждете, когда решится вопрос Арины.

— Уже решился, — вздохнул Намазов, — там все будет хорошо. Теперь самое время подумать и о себе. Скажи, что ты не знаешь, где я нахожусь. И это будет правда.

— Поедешь к Майе? — Леонид был единственным человеком, который знал о существовании Майи.

— Может быть. Посмотрю. Счастливо...

— Подумай еще раз, — посоветовал Альтман, — прежде чем окончательно разрушать все мосты. Пока...

В эту ночь Максуд впервые приехал к Майе без предварительного звонка и остался до утра.

ГЛАВА 4

Конечно, Лариса звонила все время Альтману, требуя найти этого типа, который не приехал ночевать домой. И конечно, Леонид, как обычно, пытался выгораживать своего друга, говоря о том, что тот наверняка задержался в лаборатории, которая экранирована таким образом, что мобильные телефоны там не работают. Это была очередная выдумка Альтмана, но Лариса не успокаивалась, требуя найти мужа.

Утром, когда Намазов включил телефон, он обнаружил на нем больше тридцати вызовов со стороны Ларисы и четыре звонка своего тестя. Он перезвонил тестю.

— Доброе утро, Вениамин Платонович, — глухо произнес Максуд.

— Что происходит? — вместо приветствия спросил тесть. — Ты

можешь мне объяснить? Всю ночь звонила твоя жена и не дала нам с Ариной заснуть. Жаловалась, что ты ее оскорбил и ушел из дома. По-моему, ты ведешь себя неразумно. Ты уже не мальчик, тебе почти пятьдесят. В этом возрасте люди обычно отвечают за свои поступки.

Намазов промолчал. Спорить не имело смысла. Тесть все равно будет на стороне дочери.

— Алло, ты меня слышишь? — строго спросил Зайцев.

— Слышу, — ответил Максуд, — что мне вам сказать? Разве вы не знаете свою дочь? Пока мы ехали в машине, она убедительно доказала мне, какое я ничтожество и как глупо было всю жизнь заниматься наукой, тогда как налоговая инспекция дает такой доход... Наверное, и мне нужно было идти в налоговую инспекцию или торговать просроченными продуктами, как мой друг Костя Хохлов.

— Нельзя так говорить, — гневно перебил его Зайцев, — ты сам знаешь, что можно быть вполне успешным человеком и занимаясь наукой. Я говорил недавно с вашим директором. Он уже совсем плох, болеет, потерял форму, собирается выйти на пенсию. Хочет остаться научным консультантом в институте. И у тебя появляются вполне определенные перспективы.

— Не понимаю...

— Он останется консультантом в институте. А директором рекомендует своего заместителя по науке. Теперь понимаешь, какие перспективы у тебя открываются?

— Не совсем.

— Тебя будут рекомендовать заместителем по науке, — пояснил Вениамин Платонович, — ты уже засиделся на своем месте. В тридцать четыре ты защитил докторскую и с тех пор никуда не продвигался. Пора подумать о карьере. А заместитель директора — это гарантированное членкорство в академии. Подумай об этом. Тебе пора выходить на новый уровень.

— И какое это имеет отношение к нашим разногласиям с Ларисой? — горько усмехнулся Максуд.

— Самое прямое, — рявкнул Зайцев, — или ты хочешь опозориться на старости лет? Не говоря уже о том, что ты подведешь Арину. О ней ты хотя бы подумал? Слухи поползут по всему городу. Отец девушки гулена. Только этого не хватало! А когда ты станешь заместителем директора по науке и еще членом-корреспондентом, то это уже будет более чем солидно. Твой будущий родственник будет относиться к тебе с гораздо большим уважением.

— А сейчас он меня не может уважать... Доктор наук и лауреат Государственной премии России для его уровня слишком мелко...

— Не говори глупостей, — мрачно посоветовал Вениамин Платонович. — Веди себя солидно, тебе скоро полтинник. Нужно будет намекнуть Кондратенко, чтобы послал на тебя представление. Ты вполне можешь получить орден. Учитывая, сколько у тебя изобретений и патентов. И Министерство обороны сможет поддержать. Я сам поговорю с Андреем Алексеевичем. Думаю, что он будет не против.

— И это все для того, чтобы я вернулся к Ларисе? — несколько вызывающе поинтересовался Намазов.

— Нет, для тебя, непутевого, — окончательно разозлился тесть, — ты не понимаешь, что именно происходит? Во-первых, дело касается в первую очередь Арины, твоей дочери...

«Она сейчас ваша дочь», — хотел поправить его Максуд, но промолчал.

— Девочка должна выйти замуж из семьи, где есть отец и мать, — продолжал Вениамин Платонович, — во-вторых, твоя репутация будет сильно подмочена, если выяснится, что доктор наук в твоем возрасте уходит из дома. И, наконец, в-третьих, подумай о самой Ларисе. Ей сейчас и так очень сложно. Только недавно потеряла мать, дочка на выданье, я болею. Она разрывается между двумя домами и иногда позволяет себе некоторые срывы. Я об этом тоже знаю. Ничего страшного. Вам обоим нужно быть терпимее друг к другу. И если один срывается, другой должен проявлять терпение. Неужели непонятно? Ты же не мальчик, а взрослый мужчина, уже седеть начал. Скоро внуки пойдут. Даже если у тебя есть куда уходить на ночь, то необязательно это делать так демонстративно. Нужно вести себя благоразумно. Скоро будет свадьба Арины, и никому не нужны скандалы. Подумай о своей дочери.

Майя вышла в коридор, откуда говорил Максуд, и молча смотрела на него. Намазов попрощался и убрал телефон в карман.

— В ход пошла «тяжелая артиллерия»? — усмехнулась Майя. — Предлагают тебе новые должности и новые возможности с условием твоего возвращения в семью? Все как обычно. Помнишь фильм с Филатовым, который становится директором, предавая свою девушку? Кажется, назывался «Мелодия для флейты»?

— Нет. «Забытая мелодия для флейты», — поправил ее Намазов. — Можешь не беспокоиться. Мне место директора никто не предложит, — он не стал уточнять, что тесть предлагал место заместителя директора, — это номенклатурная должность и меня должен будет утверждать министр, а не мой тесть. Он звонил не из-за этого.

— Уговаривал вернуться, — усмехнулась Майя.

— Нет. Говорил об Арине. У нее появился молодой человек. И его родители не возражают против их брака. И в такой момент бросать жену перед свадьбой — значит подвести свою семью.

— Так будет всегда, — убежденно произнесла Майя, — сначала ты не мог уйти из-за болезни тещи, потом из-за ее смерти, сейчас из-за свадьбы дочери. Потом появятся внуки. Ты напрасно считаешь, что я комплексую по этому поводу. Ни в коем случае. Я уже была замужем и знаю, что это не всегда так, как об этом пишут в романах. И еще я на тебя совсем не давлю. Ты можешь жить как тебе хочется, как тебе удобно. Может, действительно твой тесть прав...

— Наверное, прав, — задумался Намазов, — и ты тоже права. Так дальше продолжаться не может. Лариса меня просто достала. Я начинаю иногда верить, что действительно неудачник, неумеющий устраиваться в этой жизни и зарабатывать. А как ты считаешь?

— Ты доктор наук и лауреат Государственной премии, — повторила его слова Майя, — и у тебя столько открытий и изобретений. Неужели недостаточно, чтобы чувствовать себя состоявшимся ученым? У тебя столько учеников, ты сам мне рассказывал. Двое из них уже сами доктора наук. И еще я люблю тебя. Разве этого мало, чтобы не чувствовать себя неудачником?

— Этого более чем достаточно, — улыбнулся Максуд, поцеловав ее в щеку, — ты просто молодец. Если бы даже у меня не было премии, то я бы считал себя лауреатом все равно. Ведь я получил в жизни такую премию, как ты.

— Не преувеличивай. В денежном эквиваленте я стою гораздо меньше, — лукаво заметила Майя, и они оба рассмеялись.

Ему было легко и просто с этой молодой женщиной, несмотря на достаточно ощутимую разницу в возрасте. С Ларисой, которая была младше него всего на три года, они существовали словно в разных веках... А ведь все, казалось, должно быть иначе. Лариса из семьи ученого, должна лучше понимать своего мужа. Но Зайцев не только ученый, а еще и делец. Иногда такой тип людей встречается и в научной, и в творческой среде, когда достаточно талантливый человек умеет обращать свои таланты в звонкую монету. Это дано не всем творцам и не всем занимающимся наукой, но такие встречаются.

И сама Лариса выросла под влиянием своего отца. Она послушалась его, когда он рекомендовал ей выйти замуж за «черноглазого» парня, который в будущем может стать одним из столпов современной науки, как говорил Вениамин Платонович. К тому же ей так не хотелось ехать по распределению в Северный Казахстан, а начавшаяся перестройка и гласность не позволяли ее отцу вмешиваться без ощутимого ущерба для себя. Поэтому и был выбран вариант с замужеством. Но Лариса никогда не ценила мужа за его научные успехи и, по большому счету, не очень любила, лишь позволяя ему присутствовать в своей жизни. Все раздражение и обиду на этого «типа», который не стал «столпом науки», а оставался к пятидесяти годам только доктором наук и лауреатом Государственной премии, она вымещала скандалами и оскорблениями. Муж не сумел стать таким же деловым человеком, каким был ее отец, для этого у него явно не хватало нужных качеств...

В этот вечер Максуд вернулся домой, где его встретила сурово молчавшая Лариса. Она ничего не спросила и ничего не сказала, словно его ночное отсутствие было в порядке ве-

65

щей. Еще одну ночь она осталась дома, а затем поехала присмотреть за Ариной, которая почти ежедневно встречалась с Кириллом.

Ровно через месяц после этих событий Кондратенко объявил о том, что сдает свою должность заместителю по науке, а на это место своим приказом назначает Максуда Намазова. Весь институт радовался за Максуда, здесь его не только искренне уважали, но и любили. Люди, в большинстве своем, прекрасно понимают и знают — кто и чего стоит. Как правило, в коллективах выносится наиболее объективное мнение о том или ином сотруднике, тем более если он работает с ними четверть века. Притворяться столько времени практически невозможно. Люди по достоинству оценивают и научные достижения, независимо от занимаемой вами должности, и ваши человеческие качества. Сложно завоевывать уважение своих коллег, если они знают, что под научными разработками или трудами незаслуженно стоит ваша фамилия, если в патенты на изобретения также незаслуженно вписывают руководителей, если вы ведете себя непорядочно по отношению к нижестоящим и пытаетесь угодить вышестоящим. И если Хемингуэй считал, что совесть писателя должна быть такой же неизменной, как эталон метра в Париже, то в научном сообществе даже малейшее отклонение от этических и нравственных норм вызывает однозначную реакцию коллег, считающих подобное поведение недопустимым. Может, поэтому Вениамин Платонович, так вдохновенно и целенаправленно зарабатывающий деньги в восьмидесятые-девяностые годы, не пользовался особой любовью среди своих коллег. Его, конечно, уважали за научные достижения, которые у него были в молодости, уважали за деловую хватку и пробивные способности. Но не любили. Очевидно, что в погоне за успешными контрактами он иногда переходил грань, и это вызывало однозначное неприятие у его коллег.

Намазов въехал в новый кабинет, и теперь Альтман шутливо спрашивал у его секретаря разрешения зайти к самому Максуду Касумовичу. Новый кабинет был в три раза больше прежнего, и Намазов чувствовал в нем себя не вполне уютно. За много лет работы он привык к своему небольшому кабинету, рядом с которым находилась их лаборатория, где они могли работать, на месте проверяя свои предположения. Теперь ему нужно было спускаться на четыре этажа вниз, чтобы попасть в свою лабораторию и поговорить со своими сотрудниками. Сначала это его раздражало, потом начало мешать. Беготня по этажам казалась ему ненужной и вредной. Уже через несколько дней он просто пересел в кабинет Альтмана, принимая людей в своем кабинете наверху в утренние часы.

Буквально через несколько дней пришли сваты. Теперь Намазов был не просто доктором наук и лауреатом Государственной премии. Он был и чиновником, занимая пост заместителя директора крупного научно-исследовательского оборонного института. Налоговый чиновник посчитал эту должность вполне приемлемой для своей семьи, и Максуду пришлось вытерпеть еще две встречи с этой парочкой «бегемотов», которые пригласили их для общения. Лариса была почти счастлива. Наконец муж получил хоть какую-то должность, и она теперь чувствовала себя гораздо увереннее, чем раньше. К тому же у Намазова существенно выросла зарплата.

Свое назначение он отметил с Майей и Альтманом, впервые сведя их вместе и пригласив в ресторан. Леониду понравилась молодая женщина, а ей он показался забавным и очень милым. Лысый, с остатками рыжих волос, скорее похожий на остроумного и смешливого конферансье, чем на серьезного доктора наук, Альтман весь вечер рассказывал анекдоты и мило шутил. Все трое смеялись.

А на следующий день Леонид очень серьезно сказал своему другу:

— Потрясающая женщина. Не знаю, что она в тебе нашла. Сразу видно, что умница и сильный человек. «Штучный товар». Сейчас таких уже не делают. Ты молодец, Максуд, и я очень за тебя рад.

Он давно знал о существовании Майи, но познакомился только сейчас. В свою очередь, Майя сказала, что его друг не только очень приятный человек, но и очень глубокий психолог, который умеет понимать людей и чувствовать их настроение. Максуд был в восторге. Два самых близких ему человека не только понравились друг другу, но и оценили его выбор...

Казалось, что жизнь налаживается. Лариса почти не появлялась дома, занятая подготовкой предстоящих свадебных торжеств. В этом ей помогали две тетушки, сестры Вениамина Платоновича, и вся их многочисленная родня. К родственникам самого Намазова Лариса давно относились достаточно прохладно. Она была в Махачкале только три раза, еще в самые молодые годы. Последний раз он уговорил ее поехать туда на свадьбу своего младшего брата. Ей не нравился ни сам город, ни его люди, ни родители Максуда, совсем не европейцы и не нашего круга, как говорила Лариса. Разумеется, Арину воспитывали в том же духе и она была в Махачкале только один раз, когда ей исполнилось пять лет. С тех пор она видела своих кавказских родственников только тогда, когда они появлялись в Москве. Лариса была категорически против подобных встреч. Учитывая сложное финансовое положение их семьи и зависимость от тестя, Максуд также не одобрял частых приездов своих родных. И в результате Арина последний раз увидела своего дедушку только двенадцать лет назад, когда он был в Москве со своим младшим сыном Васифом, братом Максуда.

Конечно, в число приглашенных на свадьбу родственников и друзей родные Максуда не вошли, так посчитала Лариса. Отец и мать были уже в пожилом возрасте и не смогли бы приехать на свадьбу, а остальных Лариса и ее отец просто не хотели видеть, полагая, что не нужно показывать всем этих людей гор, не умеющих обращаться со столовыми приборами. Максуд не возражал, он понимал, что дочь, постепенно отдаляясь от него, давно превратилась в чужого человека, действительно став дочерью Вениамина Платоновича.

На свадьбу приглашалось около трехсот гостей. Лариса была в ужасе, пытаясь сократить число приглашенных. Максуду было смешно слышать такие цифры. У него в родном городе свадьбы отмечали пятьсот-шестьсот гостей, и это считалось достаточно средним числом. На некоторых торжествах собирались до тысячи родственников и друзей молодоженов.

В тот день он планировал закончить к шести часам, уже вызвав служебную машину. Это была самая приятная привилегия новой должности Намазова. У него появилась служебная машина с водителем. Машина была не очень новым «Ниссаном», но он в полной мере оценил удобство и пользу от появления служебного автомобиля. Правда, на нем теперь больше ездила Лариса, считающая, что в магазины она должна ездить исключительно на служебном автомобиле, но он особенно и не возражал. На часах было без пятнадцати шесть, когда он начал собирать свои вещи. И в этот момент ему позвонила секретарь:

— Извините, Максуд Касумович, к вам пришли.

— Кто пришел? — посмотрев на часы, удивился Намазов. У них был режимный институт, и после пяти сюда вообще никого не пропускали.

— Говорит, что ваш двоюродный брат. Сулим, кажется, — пояснила девушка. — Позвонили снизу и сообщили, что к вам приехал этот человек.

— Может, Салим? — уточнил Намазов. — У меня есть такой двоюродный брат.

— Салим, — согласилась секретарь, — охранник спрашивает, что делать? Бюро пропусков уже закрыто, но если вы разрешите, он его проведет к вам.

— Не нужно, — ответил Максуд — я сам к нему спущусь. Непонятно, почему он мне не позвонил? — подумал Намазов и только затем вспомнил, что совсем недавно поменял номер своего мобильного телефона. Конечно, Салим не мог знать об этом.

Намазов вышел из кабинета, закрыв дверь. Улыбнулся секретарю и пошел к кабине лифта. Он еще не подозревал, что уже через несколько минут его жизнь кардинально изменится.

ГЛАВА 5

Максуд вышел из кабины лифта и увидел своего двоюродного брата. Конечно, он его сразу узнал, хотя они не виделись уже больше десяти лет. Или даже немного больше. Кажется, двенадцать лет прошло с тех пор, как отслуживший в армии во внутренних войсках Салим Намазов ехал домой через Москву. Поразительно, что первые полтора года своей службы он провел на войне в самом буквальном смысле этого слова, когда на Дагестан пошли отряды сепаратистов из соседней Чечни и такие ребята, как Салим, встали стеной на пути агрессоров. Именно тогда проявилась твердость Путина, который оказался достаточно жестким и принципиальным премьером, чтобы суметь противостоять начавшейся войне в Дагестане. Позже, уже став президентом, он не изменит своему стилю, искренне полагая, что нельзя договариваться с террористами. Потом будут захват театра на Дубровке и невероятная трагедия в Беслане. Но повторения позора Буденновска Путин просто не допустит. Во всех случаях он предпочитает силовое решение проблемы, даже несмотря на невероятные жертвы, как в случае с бесланской школой. Пусть потом апологеты его правления будут говорить о случайно взорванной бомбе в школе и родителях, которые самостоятельно штурмовали здание, пытаясь освободить своих детей. Все профессионалы отдавали себе отчет в том, что Путин был явно не тем человеком, который сможет о чем-либо договариваться с людьми, захватившими школу с детьми.

В Израиле принят закон, запрещающий любые переговоры с террористами, захватившими заложников. Только уничтожение террористов любым путем, невзирая на жертвы. Об этом все знают, и поэтому смертники взрывают себя в автобусах, но никто не захватывает заложиков, понимая, что этим невозможно добиться никаких требований. Неслыханная трагедия в Беслане, когда число жертв превышает любое разумное количество подобных потерь (а разве могут быть в таких обстоятельствах разумными потери детей?), тем не менее показала, что даже в таких условиях террористы обречены. Из двоих спасшихся одного разорвала толпа, а второго чудом спасли, чтобы попытаться узнать численность и состав группы.

Салим получил тяжелое ранение и три месяца лежал в госпитале, где его навещал Максуд. Затем Салима отправили в подмосковный санаторий, где он провел еще месяц на реабилитации. И только позже приехал в Москву, чтобы улететь отсюда в Махачкалу. Тогда он был молодой, худой, с выпирающим кадыком и бледным цветом лица, сразу после ранения. Теперь перед Максудом стоял крепыш с развитым торсом, коротко остриженный. Голова сидела на мощной шее, и кадык уже не выпирал, как раньше. Ему должно быть больше тридцати лет, подумал Максуд, радостно приветствуя родственника. Он знал, что его родственник служит теперь в системе судебных приставов. Он обнял его, расцеловал, пригласил на улицу, где уже находился его служебный автомобиль.

— Садись в машину, — пригласил Максуд.

— Нет, — возразил Салим, — я бы хотел поговорить с тобой без водителя. Мы можем немного погулять вокруг вашего здания?

— Можем, но не нужно вокруг здания, — улыбнулся Максуд, — пойдем в кафе, можем поговорить там.

— Лучше на улице, — упрямо повторил Салим, — мы можем пройти до парка, который в конце вашего квартала.

— Пойдем, — согласился несколько удивленный такой настойчивостью Максуд. Он сделал знак водителю, чтобы тот его ждал у здания института, а сам пошел за своим родственником по направлению к парку.

— Теперь объясни, что произошло? Для чего нужна такая секретность? — спросил, улыбаясь, Намазов. — Может, ты тоже устроился на работу в какой-то секретный институт?

— Убили моего отца, Максуд, — сообщил тяжелую новость Салим, — я хотел тебе об этом сказать.

Намазов остановился, нахмурился. Отец Салима Кадыр являлся младшим братом его отца, и они жили в селе Кафыркент, в семидесяти километрах от Махачкалы. Там, собственно, жили многие знакомые Намазовых. В этом селе многие годы совместно проживали азербайджанцы, лезгины и аварцы. Может, потому, что здесь было много шиитов, это село раньше называли Кяфуркент, что можно было перевести, как «село безбожников». Суниты не принимали и не понимали шиитов, которых было так много на юге. Но постепенно за селом укрепилось другое название — Кафыркент, тем более рядом с Буйнакском было довольно большое поселение, называемое Кафыр-Кумух.

— Соболезную, — вздохнул Максуд, — Пусть Аллах будет милостив к его душе.

— И к душам всех наших родственников, — традиционно ответил Салим.

— Как это случилось? — спросил Максуд. — Кто его убил? Когда? За что?

— Ты знаешь что-нибудь о нашей вражде с Аслахановыми? — вместо ответа спросил Салим.

— Слышал, когда был мальчиком, — вспомнил Максуд, — кажется, в девятнадцатом веке они были кровниками нашей семьи. Еще когда наши семьи жили в Закаталах. Потом некоторые переехали в Дагестан, но вражда продолжала существовать. Хотя это было очень давно. Но с тех пор прошло уже больше ста лет. Все забылось.

— Ничего не забылось, — возразил Салим, — разве тебе не говорили, что случилось в двадцатые годы, когда наши убили сразу троих людей из их рода?

— В двадцатые годы на Кавказе уже была советская власть, — напомнил Максуд, — и за кровную вражду очень строго наказывали.

— В двадцатые годы во многих горных селениях еще была кровная вражда, — возразил Салим, — а бабушка Асланхановых была из кистинов. Они приехали из Грузии. И с ней приехали ее братья. Двое братьев-кистинов. Ты знаешь, кто такие кистины?

— Немного знаю. Это мусульмане, проживающие в Северной Грузии. Некоторые считают их близкими к чеченцам, некоторые полагают, что это переселившиеся туда тюрки. Другие считают, что они просто грузины, принявшие мусульманство. Но, возможно, там все было перемешано. Хотя кистины носили грузинские фамилии. А почему ты спрашиваешь?

— По их обычаям кровник должен быть не просто уничтожен. Его должны убить на могиле того, кого он убил. Чтобы дух убитого родича успокоился, — пояснил Салим. — Двое братьев-кистинов похитили нашего прадедушку и его сына, брата нашего деда. Их убили прямо на могилах тех, кого убили наши родственники. Зарезали как баранов, — с нарастающим ожесточением произнес Салим.

— Подожди, — остановился Максуд, — о чем ты говоришь? Ты все перепутал. Наш прадедушка — это дедушка наших отцов. Твоего и моего. Он погиб вместе с сыном в автомобильной аварии. Так нам всегда рассказывал мой отец. Его еще не было на свете, когда погибли его прадедушка и брат его дедушки.

— Мне тоже рассказывали эту сказку, — кивнул Салим, — все дело в том, что наш дедушка уже тогда был партийным чиновником. Секретарем райкома партии. И он не мог рассказывать всем, что его отца и брата убили из-за кровной мести. Не мог и не хотел никому рассказывать. Иначе начались бы ненужные разговоры и расследования.

— Может, ты ошибаешься? — спросил Максуд, продолжая движение, наш дедушка действительно был секретарем райкома партии, и, конечно, он не стал бы поддерживать такое архаичное правило, как кровная месть. И, возможно, тебе просто рассказали какую-то сказку. Я ведь помню, что мы ездили на могилу к нашему прадедушке и брату дедушки. Если их убили кистины в другом месте, то откуда появились могилы?

— В них были только их вещи, — пояснил Салим, — дедушка сделал все, чтобы никто и ничего не заподозрил. Нарочно поставил обе могилы. Пустые могилы. А потом подал заявление и ушел с работы. Он был идейный коммунист и считал, что не имеет права оставаться на посту секретаря райкома. Ушел с работы, говорят, даже провел заседание бюро райкома, на котором просил освободить его от работы, так как он собирается уезжать в Москву, поступать в аспирантуру. Ему поверили и освободили от этой должности. В обкоме партии поддержали решение. А он взял ружье и уехал в горы. Вместе со своим братом. Они нашли обоих кистинов и застрелили их. А тела сбросили в ущелье, чтобы никто и никогда их не нашел. Потом их долго искали. Но тела не нашли, а наш дед никому не рассказывал, что он, бывший секретарь райкома, совершил кровную месть, наказав убийц своего отца и младшего брата.

— Какие-то ужастики из придуманных легенд, — не удержался Максуд, — просто кошмар. И сейчас поэтому убили твоего отца?

— Асланхановы знали, что обоих братьев убил наш дед. Он потом работал в совхозе, стал председателем. А в сорок первом ушел добровольцем на фронт. И закончил войну в Праге командиром батальона. А потом вернулся, и его снова избрали секретарем райкома партии. В сорок восьмом в него стреляли, но не попали. Тогда одного из Асланхановых арестовали и осудили как бандита, покушавшегося на секретаря райкома. На суде он не стал говорить о причинах, из-за которых стрелял в нашего деда. Сказал, что мотивы были политические. Хотя по политическим мотивам давали двадцать пять лет лагерей за бандитизм и попытку убийства представителя власти. А за кровную месть давали только пять лет. Но тогда выселяли всю семью, чтобы прекратить эти семейные кровавые разборки. Наш дед тоже не стал говорить о кровной мести. Этот родственник Асланхановых умер в Сибири и его засчитали как нашего кровника. И сейчас у них выросло новое поколение. Четверо братьев Асланхановых — двое внуков той самой бабушки-кистинки и еще двое внуков брата ее мужа. И эти четверо отморозков входят в банду, которая убивает сотрудников милиции и прокуратуры. Они как раз действуют в соседних селах. Сейчас в банде человек пятнадцать-двадцать. Старший Нугзар, внук той самой бабушки, чьи братья зарезали нашего прадеда и брата дедушки. И кому отомстил наш дед. Теперь все понимаешь?

— Ничего не понимаю, — снова сказал окончательно сбитый с толку и растерявшийся Намазов, — и эти бандиты убили твоего отца?

— Застрелили, когда он подходил к дому. На глазах моей сестры и ее маленьких детей, — зло пояснил Салим, — ровно четыре дня назад.

— Четыре дня назад, — изумился Намазов, — а почему мне ничего не сообщили?

И отец не звонил, и Васиф. И мать ничего не сказала.

— Мы решили, что будет правильно тебе не сообщать, чтобы я сам приехал и все рассказал, — пояснил Салим, — ты должен был узнать всю правду о нашей семье. Твой отец поручил мне обо всем тебе рассказать. И еще я привез сюда свою старшую сестру с двумя мальчиками. Они уже взрослые. Одному пятнадцать, другому четырнадцать. По нашим законам их можно убивать, они для этого достаточно выросли. И ребята уже знают, что кровники убили их дедушку. И не успокоятся, пока не отомстят. Но пока они еще не выросли. Это уже новое поколение нашей семьи. У моей младшей сестры пока маленькие дети и их не должны трогать. Но сейчас у нас, как и везде, полное беззаконие, попираются вековые традиции. Убивают всех, в том числе и малолетних. Поэтому моя старшая сестра приехала сюда с детьми и мужем.

— Вчетвером? — уточнил Максуд.

— Со своим мужем, — пояснил Салим, — он работает в райсобесе, и его тоже могут убить вместе с остальными.

— Как будто провалился в Средневековье, — пробормотал Намазов. — Какое безобразие! Кровная месть, вражда семей, убийства стариков и детей. Это в наше время? Просто уму непостижимо. Я думал, что мы давно уже ушли от этого мракобесия.

— Следующим может стать либо твой отец, либо твой брат, — строго произнес Салим, — и я приехал тебе об этом рассказать. Твоя сестра с мужем живут в Волгограде. И мы предполагаем, что им ничего не угрожает. Сейчас моя младшая сестра с мужем и детьми уехали в Баку, чтобы там спрятаться у родственников. А семью моей старшей сестры должен будешь спрятать ты, Максуд. На некоторое время, пока мы не найдем Нугзара и его братьев.

— Да, я понимаю, — кивнул Намазов, — конечно, я помогу. — Он с ужасом подумал, как отнесется к этому Лариса, если он сообщит, что в их квартире поселится его двоюродная сестра с детьми и мужем. Просто невозможно предположить, какой скандал она устроит. Нет, это просто невозможно. Нужно будет снять им какую-нибудь квартиру. И с детьми надо как-то решать. Хорошо, что сейчас уже лето. Но что будет потом? Дети должны учиться.

Салим смотрел на него.

— Я все сделаю, — пробормотал Намазов, — просто я не думал, что все зашло так далеко. Для меня это... Словно я внезапно провалился в Средневековье. Даже не представлял, что такое возможно. Причем в моей семье. Оказывается, моего прадедушку зарезали на могиле тех, кого убивали члены нашей семьи. Мой дедушка был таким графом Монте-Кристо, который отомстил убийцам, а твой отец, его сын, пал жертвой уже нового поколения кровавых мстителей. Это просто какой-то бред! Невозможно в это поверить. У азербайджанцев нет кровной мести. Мы нормальные люди, а не горцы.

— У нас бабушка была аварка, — напомнил Салим, — двое братьев остались жить в Дагестане, твой отец и мой, а трое переехали в Азербайджан. Двое в Хачмасе, один в Баку. Сейчас Баку и Хачмас по другую сторону границы. И они иностранцы для нас, как и мы для них.

Максуд хорошо знал, о чем говорит его родственник. Когда распался Советский Союз, граница прошла по многим азербайджанским и лезгинским семьям, когда одни братья оставались в Азербайджане, а другие оказывались в Дагестане, в новой России... У азербайджанцев подобное уже было на юге, когда народ и земли разделили между Российской и Персидской державами. И в результате река Аракс разделила близких родственников и родных на долгие двести лет.

— Мы должны спрятать наших женщин и детей, — упрямо повторил Салим, — а потом найти и уничтожить Нугзара и его людей.

— Кто это — мы? — не понял Намазов. — Теперь ты хочешь пойти и убивать своих кровников?

— Все мужчины нашего рода, — невозмутимо произнес Салим. — Из Баку вернется Мурад, муж моей младшей сестры. Он егерь, неплохо стреляет. Твой брат Васиф, он работает в исполкоме, но возьмет отпуск. И еще муж твоей сестры — Сабир. Он уже звонил из Волгограда и обещал приехать.

— Он ведь врач, — вспомнил Максуд, — какое он имеет отношение к этой истории? Он вообще не Намазов.

— Он наш родственник, — хладнокровно пояснил Салим, — ты знаешь, что приехавший сюда Талат со своей семьей не сможет нам помочь. У него зрение минус восемь, и его никуда нельзя брать. Поэтому он останется в Москве. Пока нас четверо. Но мы думали, что ты оставишь семью моей сестры в своей квартире и сам тоже поедешь с нами в Дагестан. Жаль, что у тебя нет взрослого сына или взрослого зятя.

— Только моего будущего зятя не хватало там, — не удержался Намазов, представив себе лицо Кирилла и его бочкообразных родителей, которым он сообщит о том, что в их семье есть обычаи кровной мести. Они решат, что он их просто разыгрывает. — Подождите, — развел руками Максуд, — вы все сошли с ума? Какая кровная месть? Какая банда? Этим должны заниматься полиция, следственный комитет, ФСБ, прокуратура. При чем тут мы? Вас всех пересажают за такие действия. Ты понимаешь вообще, что ты говоришь? Сейчас двадцать первый век. Уже второе десятилетие. А ты приехал в Москву и рассказываешь такие ужасы. Если даже эти негодяи убили твоего отца, то их нужно найти и судить, посадить в тюрьму, но не устраивать эти «ковбойские разборки». Я еще понимаю, когда ты и мой брат Васиф хотите пойти искать убийц твоего отца, но Мурад и Сабир... Они вообще не Намазовы. Мурад зять твоего отца, можно допустить, что он хочет отомстить за смерть отца своей жены, но Сабир вообще далекий от таких историй человек. У него мама русская, он вырос в России, всегда был хорошим терапевтом. Ему уже за сорок, и он живет в Волгограде. Как вы можете втягивать его в такие дела?

— Это дело нашей семьи, Максуд, — твердо сказал Салим, — если мы не найдем Нугзара и его братьев, они найдут нас. И убьют всех. Всех, кого смогут найти. Твой отец уже очень старый и не может выступить с нами. Но мы рассчитывали на тебя. Тогда нас будет пять человек. И, может быть, еще мой племянник со стороны матери. Внук ее сестры Магомед.

— А их пятнадцать или двадцать? — вспомнил Максуд. — И это бандиты, привыкшие убивать? Ты вообще представляешь, о чем ты говоришь? Я готов помогать вам при любых обстоятельствах, но это только в кино или в книгах бывают такие герои, которые перерождаются за один день. Профессор, доктор физико-математических наук, который в жизни не держал оружия в руках, это я говорю про себя, вдруг становится мстителем. Кажется, было такое известное французское кино, где врач начинает мстить отряду фашистов, убивших его жену и дочь. В кино все выглядело очень здорово, но в жизни так не бывает. Просто не бывает. И ты еще хочешь позвать Сабира, мужа моей сестры, который давно живет в Волгограде и не имеет никакого отношения к этим средневековым спорам. Или мой младший брат Васиф, которого только недавно утвердили заместителем председателя исполкома и у которого совсем маленькие дети. Он в свои сорок с лишним лет должен взять оружие и уйти в горы, превращаясь в бандита? Ты вообще понимаешь, о чем говоришь?

Салим молча смотрел на него. Максуд почувствовал, что краска стыда заливает ему лицо — у человека погиб отец... Но он продолжал:

— Я еще понимаю, когда ты, бывший спецназовец, хочешь найти и отомстить им за отца... Мурад... Он все-таки егерь, привык иметь дело с оружием. Но Сабир и Васиф вообще не бойцы. Я уже не говорю про себя. Мне уже почти пятьдесят лет, Салим. И я никогда никого не убивал. Вообще не представляю себе, как это можно стрелять в живого человека. Я доктор наук, интеллигентный человек, только недавно стал заместителем директора института по науке. И теперь я должен все бросить, взять ружье и начать поиски кровников нашей семьи, только потому, что эти бандиты решили вспомнить кровную месть. Это просто какой-то чудовищный кошмар!

Салим молчал. Его презрительный взгляд заставлял Намазова нервничать еще больше.

— От меня проку, как от козла молока, — сказал он еще громче, — неужели непонятно? Я всю жизнь жил в Москве, уже почти тридцать лет. Никогда не бегал в горах, ни в кого не стрелял, вообще стрелять не умею и не хочу. И не понимаю, почему мы, мирные люди, должны искать этих негодяев. Я напишу официальный запрос в следственный комитет, в ФСБ... Чтобы нашли твоего Нугзара и его бандитов. А вам лучше сидеть дома и никуда не высовываться.

— Что ты говоришь? — вздохнул Салим. — Я сказал тебе, что они убили моего отца. Четыре дня назад. А ты хочешь, чтобы мы обратились с жалобой на этих подонков. Ничего не понимаешь? Они ждать не будут. Будут искать всех мужчин нашей семьи. И убьют всех до единого. Всех, кого можно убить.

— Нужно попросить, чтобы у вашего дома дежурили сотрудники полиции, — предложил Максуд. — Васиф работает в исполкоме, пусть позвонит начальнику милиции. Тьфу, черт, совсем забыл. Начальнику полиции.

— А кто отомстит за моего отца? — спросил Салим. — Тоже полиция? Или кто-то другой? Мой отец погиб от рук кровников. И мой долг найти убийц отца. Найти и отомстить.

— Твой отец был судьей, — вспомнил Максуд, — возможно, его убили не потому, что он кровник Асланхановых, а именно из-за того, что он был судьей. Ведь бандиты в первую очередь убивают сотрудников правоохранительных органов. И наверняка уже следственный комитет начал поиск его убийц. Я в этом даже не сомневаюсь.

— Максуд, — довольно невежливо перебил его Салим, — я должен тебя уважать. Ты наш старший в семье, если не считать твоего отца, которому уже много лет. И я должен тебя слушать. Но я приехал к тебе за помощью. Сначала помоги семье Талата, а потом мы поговорим. Тебе нужно поехать с нами.

— Значит, соберем родственников и пойдем искать банду наших кровников, — разозлился Максуд, — а почему не позвать наших многочисленных родственников, проживающих в Азербайджане? Три брата наших отцов жили по другую сторону границы. И у них пятеро сыновей и двое зятьев. Солидное подкрепление. Они такие же двоюродные братья, как и я. Почему ты не хочешь звать их на эту войну? Там много молодых.

— Они иностранцы, — пояснил Салим, — граждане другой страны. Они не могут просто так приехать в Дагестан и ходить в горах с оружием. Их либо убьют, приняв за иностранных террористов, либо сразу посадят в тюрьму. На первом же блокпосту, проверив их документы и узнав, что они прибыли из Азербайджана. Их просто расстреляют наши полицейские. С оружием в руках ходят иностранцы по нашим горам. Значит, они почти наверняка воюют на стороне бандитов. На нашей стороне нет иностранцев. Неужели ты сам не понимаешь? Там могут быть только граждане России. Поэтому Мурад, оставив свою семью в Баку, возвращается обратно в Махачкалу. И если ты согласишься с нами поехать — нас будет шестеро, не считая Талата и твоего отца. Только мы впятером или вшестером должны заниматься розысками и уничтожением Нугзара и его людей.

— У азербайджанцев уже сто лет нет такого понятия, как кровная вражда. — Максуд сделал последнюю попытку убедить гостя одуматься: — Мы всегда были более цивилизованными людьми. И к лезгинам это не имеет никакого отношения.

— У нас бабушка аварка, — снова напомнил Салим, — и мы живем в Дагестане, а не в Азербайджане. В горах еще действуют свои законы, Максуд. Их никто не отменял. Нугзар не будет ждать, пока мы его найдем. Он начнет искать нас и убивать по одному. Даже в Москве или в Волгограде.

Максуд хотел еще что-то возразить, сказать, протестовать, но увидел взгляд своего родственника. И вспомнил о его убитом отце, своем дяде.

— Давай немного успокоимся, — предложил он. — Сейчас мы поедем ко мне и подумаем, как быть с семьей твоей старшей сестры.

Не беспокойся. Я что-нибудь для них придумаю. А потом мы с тобой поговорим.

— Я должен вернуться домой, — пояснил Салим, — нужно отметить семь дней после смерти отца. И постараться найти Нугзара до сорокового дня. Иначе душа моего отца уйдет неотомщенной.

— Что ты говоришь? — поморщился Намазов. — Это просто вызов здравому смыслу. Как можно так рассуждать в наше время? Как-будто нет цивилизации, прогресса, развития...

— У меня убили отца, Максуд, — упрямо сказал Салим. — Брата твоего отца, — добавил он. Убили кровники. Нравится тебе или нет, но это так. И никакой прогресс их не остановил. Значит, я обязан взять оружие и пойти искать их, пока не найду и не убью. И меня никто не сможет остановить. Вот так, Максуд.

— Ладно, — нахмурился Намазов, — давай думать, как размещать Талата с его семьей. Мальчики уже взрослые. Им нужно будет найти нормальный дом. У меня не такая большая квартира, а там еще жена и дочь, — он не стал уточнять, что в его квартире они практически не живут. В любом случае Лариса не пустит никого из его родственников в их квартиру. Значит, нужно срочно искать подходящее жилье. — Где ты их оставил? — спросил он.

— В гостинице. Сняли на один день номер, чтобы ребята отдохнули.

— Понятно, — вздохнул Максуд, — давай поедем ко мне. Нужно срочно решать, как с ними быть. А потом обсудим и другие вопросы.

ГЛАВА 6

Ему отчасти повезло. Он привез Салима к себе домой, когда там не было Ларисы. Теперь следовало подумать о семье его сестры. Максуд уселся за телефон. Нужно было срочно найти подходящую квартиру, в которой могли поселиться его родственники. Как обычно в таких случаях, помог Леня Альтман. Намазов позвонил ему и объяснил свою проблему, когда Альтман вспомнил, что его знакомая работает в агентстве по съему жилых квартир. Оставалось перезвонить его знакомой и назначить встречу на завтрашнее утро. Она обещала подыскать нужные варианты. Вечером Максуд решил поехать вместе с Салимом в гостиницу, чтобы увидеть родственников и пригласить их на ужин. Как раз в это время позвонила Лариса. Она сообщила, что сегодня приедет домой и хочет поговорить с мужем по поводу некоторых моментов предстоящей свадьбы.

— Я сегодня не смогу, — пояснил Максуд, — ко мне приехали двоюродные брат и сестра со своими детьми. Я должен с ними увидеться.

— Намазов, ты сошел с ума? — раздраженно спросила Лариса. — Я говорю тебе, что нам нужно обсудить важные вопросы насчет свадьбы Арины, а ты мне рассказываешь о каких-то своих родственниках, приехавших с юга. Может, наконец ты станешь более ответственным человеком?

Максуд покосился на сидевшего рядом Салима, надеясь, что тот не слышит ее слов.

— Я не смогу, — твердо повторил он, — у них погиб отец. Мой родной дядя. Я должен быть с ними.

— Твоему дяде было сто лет, — еще более раздражаясь, произнесла Лариса. — Отчего он погиб? Упал с лошади? Или попал под камнепад, у вас там в горах может быть все, что угодно, — издеваясь, сказала она.

— Его убили бандиты, — с трудом сдерживаясь, сообщил Максуд, будет лучше, если ты сегодня вообще не будешь меня дергать.

Лариса замолчала, переваривая его слова. Затем выдавила:

— Я всегда подозревала, что наш брак ошибка. Большая ошибка, Намазов. Мы с тобой люди из разных миров. В моем мире живут нормальные люди, которых не убивают бандиты. И вообще ваш мир и ваш менталитет мне абсолютно непонятны. И зачем они приехали в Москву? Искать справедливости? Чтобы пожаловаться на следователей, которые не ищут убийц? В таких случаях нужно оставаться на месте и проводить поминки. Ведь у вас поминки, кажется, длятся сорок дней. Тогда почему они приехали?

— Мы потом поговорим, — решил Максуд, — у меня сейчас сидит мой двоюродный брат, и мы вместе едем к семье его сестры, которые остановились в гостинице.

— Ты привел его к нам домой?! — ужаснулась Лариса. — Какой кошмар! Надеюсь, что он не забыл снять обувь, когда вошел в нашу квартиру.

— Ты прекрасно знаешь наши обычаи, — напомнил Максуд, — я больше не могу разговаривать. Поговорим завтра.

Она знала, что мусульмане всегда снимают обувь, входя в квартиру, и всегда говорила, что это один из немногих обычаев, которые ей нравятся.

— У меня очень важный разговор, Намазов, — повторила Лариса, — и очень жаль, что своих разных родственников с юга ты ставишь выше интересов своей дочери. До свидания.

Она бросила трубку. Максуд убрал телефон, посмотрел на Салима. Тот пожал плечами.

— Женщинам трудно бывает понять наши проблемы, — примиряюще произнес он, — тем более живущим в Москве.

— Особенно сложно тем, кто понимать не хочет, — согласился Намазов.

Они поехали вместе с Салимом в гостиницу к его сестре. Максуд уже давно не видел родственников. Повзрослевшие мальчики, их зять Талат, лысоватый мужчина в очках, постоянно извинявшийся за беспокойство, его супруга. В этот вечер они вместе поужинали. Намазов перезвонил Майе и коротко сообщил, что не сможет приехать и увидеться с ней.

— Что-нибудь случилось? — сразу почувствовала Майя.

— Случилось, — честно ответил он. — В Дагестане убили моего дядю, и сюда приехали его сын и дочь с семьей. Мне нужно с ними встретиться.

— Соболезную, — сказала Майя, — конечно, нужно встретиться. Обязательно. Если нужна будет моя помощь, то можешь сразу позвонить. В любое время. Не стесняйся.

— Спасибо, — сказал он, — я очень ценю твою поддержку.

Разница между двумя разговорами была явно не в пользу жены. И об этом он тоже подумал. За ужином вспоминали погибшего дядю. У мусульман не принято пить за упокой души погибшего, но Максуд поднял рюмку за память своего ушедшего дяди. И Салим с Талатом выпили вместе с ним. Потом Талат, словно оправдываясь, сообщил, что получил отпускные и взял все имеющиеся дома деньги. У него было около двух тысяч долларов. Максуд подумал, что на эти деньги им сложно будет снять достойное жилье и продержаться здесь несколько месяцев. «Нужно будет помогать родственникам», — решил он. Сейчас он стал заместителем директора и его зарплата выросла почти до семидесяти тысяч рублей. Это больше, чем все деньги, которые сумел привезти с собой Талат. Они еще немного посидели. Домой Максуд возвращался в одиннадцать вечера, поймав такси. Едва он переступил порог дома, как услышал настойчивые звонки городского телефона. Это была Лариса. Он снял трубку и услышал ее голос.

— Где ты пропадаешь, Намазов? — раздраженно спросила она. — Я звоню весь вечер?

Он вспомнил, что отключил свой мобильный, еще когда они поехали в гостиницу. Он понимал, что Лариса будет беспрерывно звонить и ему будет неудобно перед родственниками. Она действительно звонила весь оставшийся вечер, и когда он включил свой телефон, то обнаружил восемь ее непринятых звонков.

— Я тебе объяснил, что буду с родственниками, — ответил Максуд, — у них погиб отец, и я обязан был с ними увидеться.

— Увиделся? Значит, с ними все в порядке, — нервно произнесла Лариса, — а у меня к тебе очень важное дело.

— Какое дело? — спросил Максуд. — Что опять случилось?

— Ты знаешь, что наши новые родственники собираются подарить Кириллу четырехкомнатную квартиру в строящемся доме. Дом должен был быть готов еще полгода назад, но строители затягивают окончание ремонта. А свадьба уже назначена на сентябрь. Поэтому мы предложим поселиться молодоженам пока в нашей квартире. К ноябрю дом сдадут, и мы успеем сделать ремонт. Кстати, родители Кирилла собираются сами купить все необходимое для молодоженов. Тебе даже не придется давать приданое своей дочери.

— Подожди, — не совсем понял Максуд, — ты хочешь меня выселить из нашей квартиры?

— Эту квартиру подарил нам наш папа, — напомнила Лариса, как будто он когда-нибудь мог забыть об этом, — и сейчас он предлагает нам переехать к нему, а здесь временно, только на три месяца, мы сделаем приличный ремонт и сможем поселить наших детей. Параллельно в новой квартире Кирилла будет делать ремонт отец Кирилла. Что здесь плохого? Ты пока поживешь у моего отца. Там места еще больше, чем здесь.

— Но я здесь живу уже много лет, — напомнил Максуд, — и мне удобно добираться до работы.

— У тебя уже есть служебная машина, — зло сказала Лариса, — и ты можешь добираться до работы откуда угодно. Не забывай, что и эту работу ты получил только благодаря моему отцу. А мы сделаем приличный ремонт, и ты сможешь вернуться в нормальную квартиру.

— А я думал, что меня назначили благодаря моим успехам за столько лет в нашем институте, — не сдержался Максуд.

— Перестань спорить, Намазов, — отрезала Лариса. — Мы уже все решили. Ты переедешь к моему отцу, а квартиру оставим молодым.

— Но ты говорила, что у него есть квартира, — вспомнил Максуд.

— Эта квартира не понравилась Ариночке. Место не очень хорошее, и вид тоже не вызывает восторга. Но квартиру все равно оставят за Кириллом. Они смогут ее сдавать и жить на эти деньги. А в новой квартире уже начали ремонт. У людей по две-три квартиры, пока ты занимаешься своей ненужной наукой и живешь за счет моего отца, — снова не удержалась от колкости Лариса.

— Сдавать, — вспомнил Максуд о приехавших родственниках, сколько они хотят за свою квартиру?

— Не знаю. Мы пока не обсуждали этот вопрос. Это не наше дело. Деньги все равно будут получать Арина с Кириллом. Нам такие подробности ни к чему. Мы сейчас можем помочь им, и я сразу дала согласие от нашего имени. Переедем к папе, он тоже согласен.

— Моего согласия не требуется? — устало спросил Максуд.

— Я поэтому и звоню тебе весь вечер, — напомнила Лариса, но тебя больше интересуют твои кузины и кузены, приехавшие из Дагестана, и убитый родственник...

Он бросил трубку. Она опять перезвонила. На восьмом звонке он снова взял трубку.

— Не смей выключать трубку, — закричала Лариса, — нужно быть хоть немного ответственным. Ты ничего не можешь дать своей дочери. Ни денег, ни квартиры, ни приличного приданого. Мы нищие по сравнению с семьей Кирилла. А так хотя бы будет не стыдно, когда мы отдадим им эту квартиру. Она сейчас стоит немалых денег.

— Ты говорила, что они будут здесь жить временно, — сказал Максуд, — а сейчас говоришь, что мы подарим им эту квартиру.

— Конечно, подарим. Это будет наш свадебный подарок, достойный нашей семьи. Она внучка члена-корреспондента и дочь профессора, — гордо заявила Лариса. — Не беспокойся: ты можешь жить потом в этой квартире сколько захочешь. Никто тебя оттуда не выгонит. Но квартиру перепишем на Арину. Пусть она знает, что у нее есть своя собственность. Приятно вступать в новую жизнь, став миллионершей...

«Мещанки, — огорченно подумал Максуд, — и мать, и дочь, и их любимый дедушка. Думают только о материальном. Для них это самое важное».

— Делайте как считаете нужным, — недовольно сказал он.

— И не нужно таким трагическим тоном, — посоветовала Лариса, — у тебя дочь замуж выходит, нужно радоваться. А ты разговариваешь так, словно не рад.

— Рад. Конечно, очень рад, — сказал он, — я устал и пойду спать. Сегодня ты не приедешь?

— Нет. Я останусь у отца.

— Хорошо, до свидания, — он положил трубку, подумав, что даже не пожелал ей «спокойной ночи». И почти сразу перезвонил Майе:

— Можно к тебе приехать?

— Ты говорил, что будешь занят со своими родственниками, — напомнила она.

— Я с ними уже закончил, — ответил Максуд.

— Тогда приезжай, — сразу согласилась она, — ты знаешь, что можешь появляться у меня когда тебе удобно.

— Я знаю, — прошептал он, — и очень это ценю. Приеду через полчаса.

— Хорошо. Я буду ждать. — Ему нравились их отношения. Спокойные, откровенные, искренние, без ненужной фальши и глупой позы.

Через сорок пять минут он звонил ей в дверь. Она открыла. Майя была в светлых брюках, майке с короткими рукавами и смешном фартуке, изображавшем смокинг. Он уловил приятный запах ванили.

— Пытаюсь сделать пирог к твоему приезду, — пояснила она, когда он поцеловал ее в щеку. И побежала на кухню.

Он прошел следом. Уселся на стул, глядя, как она осторожно достает уже готовый пирог из духовки. Ему было приятно на нее смотреть. Ловкая, гибкая, подтянутая и такая родная, близкая. Майя поставила пирог остывать и уселась напротив.

— Кофе будешь? Или лучше чай?

— Ничего, — покачал он головой, — я уже поужинал. Просто посиди со мной, мне будет приятно.

Она улыбнулась. Сняла фартук, повесила его на вешалку, снова уселась напротив.

— Что случилось с твоим дядей? — спросила Майя. — Ты сказал, что его убили?

— Бандиты, — мрачно ответил Намазов, — хотя нет. Это тоже не совсем верно. Они, конечно, бандиты. И он был судьей, которого они не должны были любить. Ведь он олицетворял в их глазах существующую там власть. Но убили не поэтому. Оказывается, наша семья вот уже двадцать лет является кровными врагами семьи Асланхановых. Еще когда наши прапрадеды жили в Закаталах, это на севере Азербайджана. Потом семья моего прадеда переехала. У него было трое сыновей и дочь. Дочь вышла замуж и уехала в Польшу. Она тогда была в составе царской России. А мой дед и его братья остались жить с отцом. Тогда начались разборки в Закаталах и там убили сразу трех родственников Асланхановых. Они решили отомстить. Жена одного из них была кистинка из Грузии. И у нее были братья, которые считали обязательным убивать своих кровников на могилах их жертв. Необязательно виновников, но всех, кто принадлежит к роду кровников. Они похитили моего прадеда и младшего брата моего деда, зарезав их прямо на могилах своих погибших родичей.

— Какой ужас! — вздохнула Майя. — Когда это случилось?

— Уже в двадцатые годы прошлого века, — пояснил Максуд, — и мой дед в это время был молодым секретарем райкома партии. Как ты понимаешь, в те времена идейный коммунист и руководитель райкома должен был показывать пример и не имел права даже говорить о кровной мести. Но они убили его отца и брата. Поэтому он никому и ничего не сказал. Обманул всех и сказал, что хочет уехать в Москву, чтобы учиться дальше. Его освободили от этой должности. Через некоторое время он забрал другого брата и поехал искать убийц своего отца и младшего брата.

— Неужели поехал? — не поверила Майя.

— Поехал, — кивнул Намазов, — ушел с должности и поехал искать убийц. И, видимо, нашел их. Так как оба пропали раз и навсегда. Некоторые говорили, что его младший брат проболтался. Будто убитых они сбросили в пропасть. Но наверняка никто не мог знать.

— И на этом все закончилось?

— Если бы... После войны, когда дед был уже снова первым секретарем, появился убийца, племянник убитых. Он стрелял в моего деда. Не попал, и его схватили. Время было суровое, про кровную месть почти не вспоминали. Покушавшийся ничего не сказал, дед тоже не стал ничего объяснять. Несостоявшемуся убийце дали двадцать пять лет за покушение на представителя советской власти. Говорили, что он умер в Сибири, не перенес такого длительного срока. Тем более по политической статье.

— И оба знали, что это была кровная месть? — с ужасом спросила Майя.

— Знали. И оба молчали. Если бы они рассказали об этом, то нападавший мог получить лет пять или шесть. Но тогда всю его семью выселили бы куда-нибудь в Казахстан или за Урал. Ведь когда говорят о кровной вражде, виновата бывает вся семья, в которой даже подростки могут быть мстителями. С этими семьями советская власть боролась беспощадно. Поэтому оба молчали. Оба проявили своеобразное благородство. Он получил двадцать пять лет, но зато его семья не пострадала.

— И ты так спокойно об этом говоришь.

— На Кавказе свои понятия чести и благородства, — вспомнил Максуд, — рассказывают, что однажды встретились на узкой горной дороге два чеченца из двух враждующих родов. И на двоих у них был один кинжал. Как ты думаешь, что они сделали?

— Выбросили кинжал и начали драться? — предположила Майя.

— Нет. Они начали бить кинжалом друг друга по очереди. Но каждый понимал, что не имеет права сильно ударить, чтобы дать возможность своему противнику нанести ответный удар. Ударов было много, оба истекали кровью, но наносили свои удары и передавали кинжал сопернику.

— И чем это закончилось?

— Они оба погибли, но не нарушили законов чести. Оба потеряли слишком много крови, но не позволили себе нанести удар сильнее соперника. И так они лежали на этой дороге, истекая кровью, пока оба не погибли.

— Господи! Я думала, что это бывает только в легендах и старых сказках, — призналась Майя, — хотя я тоже грузинка и должна была слышать такие ужасы. Но я их никогда не слышала. Я все-таки московская грузинка.

— Наверное, — согласился Максуд, — вот так все и происходило. Потом, в пятидесятые годы, все эти кровавые разборки постепенно начали уходить в прошлое. В шестидесятые-семидесятые на Кавказе почти не вспоминали подобных историй. Хотя случались иногда какие-то особенно трагические и невероятные истории. В Ленкорани, в одном из южных районов Азербайджана, сотрудник милиции застрелил одного из нарушителей. Причем пристрелил явно из личных мотивов, не вызванных необходимостью. Когда его судили, сын погибшего прямо в зале суда убил сотрудника милиции. И все это закончилось плохо. Нет, этого молодого человека не расстреляли, даже судьи понимали мотивы его поступка, хотя и в те времена советская власть не допускала, чтобы убивали представителей правопорядка. Этого молодого мстителя посадили в тюрьму на долгий срок... Но после девяносто первого года все изменилось. Всплыли старые обиды, человеческая жизнь обесценилась, появилась масса неучтенного оружия, а власть потеряла авторитет. Ну а потом начались все эти конфликты, войны, бесконечные террористические акты. И начались новые конфликты между семьями и родами, когда очередные убийства поражали новых кровников, и так без конца.

Максуд задумался. Замолчал.

— Что ты собираешься делать? — поинтересовалась Майя.

— Помочь своим родственникам, — мрачно пояснил Намазов, — сначала нужно найти подходящее жилье для моей двоюродной семьи и ее детей. У себя я их поселить не смогу. Во-первых, Лариса не разрешит, а во-вторых, — он вздохнул, — лучше не говорить.

— Что-то опять учудила твоя супруга? — поняла Майя.

— Еще как, — признался Максуд, — она хочет, чтобы я переехал к ее отцу, а нашу квартиру оставил дочери с зятем.

— Она сошла с ума? А где ты будешь жить? У своего тестя, вместе со своей женой?

— Временно. Пока отремонтируют новую квартиру Кирилла, — пояснил Намазов, — она хочет, чтобы я переехал к ее отцу, пока мы подготовим нашу квартиру для молодоженов. А в ноябре они смогут переехать в другую квартиру, которую уже купили для моего будущего зятя.

— Ничего не понимаю. Почему нельзя просто перенести свадьбу на ноябрь и не выселять тебя из своей квартиры?

— Нужно знать мою жену, — устало ответил Максуд, — у нее своеобразный комплекс неполноценности. Меня она считает нищим профессором на фоне богатого свояка. И таким своеобразным образом она подчеркивает нашу состоятельность. Отдает за дочку квартиру, которая стоит больших денег. В ноябре они переедут в свою новую квартиру, но наша квартира будет переписана на имя дочери. И тогда получится, что мы дали богатое приданное...

— Какая глупость, — поморщилась Майя, — неужели она не понимает, как это глупо и пошло?

— Похоже, не понимает. А тут еще мои проблемы с приехавшими родственниками.

— Что ты решил?

— Пока не знаю. Родным я, конечно, помогу, деньги у меня есть. А сам... сам никуда не поеду. Соберу свои вещи и перееду к тебе. Сдашь мне угол?

— Подумаю, — улыбнулась она, — нужно будет поторговаться. В конце концов, мы оба кавказцы, должны уметь не только мстить и убивать друг друга, но и торговаться.

— Смешно, — мрачно произнес Максуд.

— Ты сам прекрасно знаешь, что можешь остаться у меня в любой момент, — ответила Майя, — в любой день, когда ты сам захочешь. Но как быть с твоей дочерью? Ты говорил, что вам нужно соблюсти внешние приличия хотя бы до свадьбы.

— Тебе никто не говорил, что ты странный человек? — спросил Намазов. — У тебя есть возможность навсегда оставить у себя мужчину, который, я надеюсь, тебе нравится. И его подталкивают к этому все обстоятельства, его собственная жена и его большое личное желание. И в этот момент ты ломаешь всю эту схему, напоминая ему о его дочери. По-моему, это не совсем правильно.

— Зато честно, — возразила Майя, — если твой поступок скажется на судьбе твоей дочери, то это будет не совсем правильно.

— Я тоже об этом подумал, — признался Максуд, — но мне так не хочется переезжать к ее отцу. Хотя, ладно. Что-нибудь придумаю. Буду уезжать ночевать к Альтману, а оттуда приезжать к тебе. Теперь у меня есть служебная машина, пусть работает по вечерам. Как-нибудь приспособлюсь. А после свадьбы дочери навсегда перееду к тебе.

— Не переедешь, — неожиданно сказала Майя, — потом появятся другие обстоятельства. Потом твоя дочь, возможно, будет ждать ребенка, твоего внука, и ты тем более не захочешь ее беспокоить. Потом снова какие-то другие обстоятельства. Нет, я не обижаюсь. Просто думаю, что нужно либо рвать раз и навсегда, либо терпеть. Как твой дедушка. Который был секретарем райкома, но ушел, чтобы изменить свою жизнь.

— Ему ничего не удалось изменить, — прошептал Максуд, — даже когда он ушел на войну. Вернулся с войны, и его снова избрали секретарем райкома партии. Иногда трудно бывает изменить свою жизнь. Мы движемся по определенной колее и часто не можем выбраться на другую дорогу, словно наши судьбы раз и навсегда предопределены...

Она молчала. Смотрела на него и молчала.

— Думаешь, что я слишком слабый человек, чтобы решиться поменять что-то в своей жизни? Наверное, я не похож на своего деда...

— Не нужно об этом, — попросила она, — надеюсь, ты не считаешь, что тебе тоже нужно уезжать в Дагестан?

— Обязательно нужно, — вздохнул он, — хотя бы, когда исполнится сорок дней. А может, и раньше. На семь дней. У нас традиционно отмечают три, семь и сорок дней, хотя семь не так обязательны. Вместо них собираются по четвергам, ходят на кладбище, поминают покойного и собираются на плов, который подают в память об умершем. Пить, конечно, нельзя в отличие от вас, грузин. Но вы православные люди, у вас свои традиции.

— И ты собираешь поехать в Махачкалу? — нахмурилась Майя.

— Я собираюсь поехать в село, куда приедут все наши родственники, и побывать на могиле своего дяди, — пояснил Максуд, — думаю, что у нас есть еще день или два, чтобы найти подходящую квартиру для приехавшей семьи моей двоюродной сестры. А потом я уеду с Салимом. Это сын убитого дяди. У него две сестры, но есть два двоюродных брата, это я и мой брат Васиф. Остальные братья не являются гражданами России, и он не может их ни о чем попросить, чтобы не подставлять. Ведь достаточно им взять в руки оружие или даже начать нам помогать, как их могут либо убить, либо арестовать. Они не граждане России и не могут на законных основаниях иметь в нашей стране даже охотничьи ружья.

— И ты поедешь стрелять в своих кровников? — изумленно спросила Майя.

— Нет. Я слишком неприспособлен. Я даже в армии не служил. И никогда не стрелял в человека. Вообще стрелял только в тире. От меня не будет никакой пользы. Но поехать и просто поддержать моих родных, я просто обязан. Такое застенчивое свойство крови, которая дремлет, пока все хорошо. И в решающий момент неожиданно дает о себе знать.

— Я тебя не пущу, — не очень решительно произнесла Майя, — или поеду с тобой.

— Это невозможно, — улыбнулся Намазов, — я тем более не смогу появиться на поминках своего дяди с другой женщиной. Только со своей женой, которую не пустят ни в палатку с мужчинами, ни на кладбище. У нас традиционно женщины не ходят на могилы и не сидят рядом с мужчинами. И тем более нельзя привозить к своим родственникам другую женщину, которая не является ни твоей женой, ни твоей матерью, ни твоей сестрой, ни твоей дочерью. Таким образом, я только оскорблю своих родственников. Извини, но я говорю достаточно откровенно.

— Я понимаю, — кивнула Майя.

Она поднялась, подошла к нему, обняла и поцеловала его в щеку. Потом тихо прошептала.

— Хочу, чтобы ты знал. Что бы с тобой ни случилось, куда бы ты ни поехал или ни переехал, я всегда буду рядом с тобой. Всегда буду тебя ждать. Какой бы выбор ты ни сделал.

— Я знаю, — прошептал он в ответ, — я это прекрасно знаю.

ГЛАВА 7

Утром он поехал на работу. Нужно было просмотреть сразу несколько поступивших документов, которые требовали его срочной визы. Как обычно, выручил Альтман. Уже в десять утра Максуд пригласил его к себе и попросил просмотреть все документы.

— Тебя только назначили, а ты уже сачкуешь, — недовольно заметил Леонид. — Если так дальше пойдет, ты не сможешь долго сидеть в этом шикарном кабинете.

— Ты ведь знаешь, какие у меня проблемы, — пояснил Намазов, — никто не думал, что все свалится в один момент. Нужно срочно найти квартиру для моих родственников.

— Не беспокойся, — сказал Альтман, — я рекомендовал тебе очень знающего человека. Она найдет тебе подходящий вариант за неделю или за две.

— Мне нужно найти этот вариант за сегодняшний день, — сказал Максуд, — в крайнем случае, завтрашний. Но никак не позже.

— Это невозможно. Здесь Москва, а не ваше дагестанское село, где всего несколько десятков домов, — весело заметил Альтман. — И вообще так никто не ищет. Нужно успокоиться и постараться найти подходящий вариант...

— У нас мало времени, — перебил его Намазов, — и не забывай, что через два дня, я должен быть в Дагестане. Уже в этот четверг. Там будут отмечать семь дней кончины моего дяди. Я не могу туда не поехать.

— Интересно, как ты объяснишь свой отъезд, — уже другим тоном спросил Леонид, — тебя только назначили. Может, поедешь в следующий раз, на сорок дней. Сложно будет объяснить руководству причину, дядя не является близким родственником.

— Он не умер. Его убили.

— Тем более не нужно об этом рассказывать. Тебя могут отстранить от работы, когда узнают, что в твоей семье есть такие проблемы. Помнишь, как меня хотели отстранить, когда узнали, что у меня жена в Израиле? Хорошо, что потом разобрались и выяснили, что мы разведены. Иначе сейчас я бы работал в каком-нибудь сельскохозяйственном институте.

— Если убивают моего дядю, то в этом тоже виноват я? — спросил Максуд.

— Значит, в вашей семье есть нерешенные проблемы, — притворно вздохнул Альтман. — Я бы не доверял такого человеку место заместителя директора по науке.

— Иди к черту.

— Очень конкретно и емко. Все понял. Сажусь на твое место.

Максуд усмехнулся и вышел. Салим и Талат уже ждали его. Они посмотрели три или четыре квартиры, пока наконец не нашли подходящую. Дело было даже не в цене. Эта квартира находилась во дворе соседнего дома, где располагалось управление полиции. Трехкомнатную квартиру предлагали за полторы тысячи долларов. Намазов внес плату сразу за три месяца и уплатил еще месячный депозит, после чего им выдали ключи и даже пообещали временно зарегистрировать семью Талата в этой квартире. Дав им еще пятьсот долларов на покупку различных мелочей, Намазов вернулся на работу к четырем часам дня, как раз в то время, когда в институте началось совещание, и он успел на него.

Совещание закончилось в половине седьмого. Его уже ждала служебная машина. Он попросил водителя отвезти его домой. В свою квартиру он поднимался с некоторой опаской, словно его уже должны были выселить. Открыл двери и услышал, как на кухне разговаривают Лариса и домработница, которая обычно приходила по пятницам. Максуд поморщился. Значит, процесс уже начался. Очевидно, Лариса вызвала домработницу, чтобы убрать квартиру. Но почему так спешно... До сентября еще несколько месяцев. И необязательно готовить квартиру за три месяца до того, как сюда переедут молодые.

Он прошел на кухню. Лариса взглянула на него, не скрывая своего пренебрежения, кивнула и продолжала разговаривать с домработницей, показывая ей места, которые нужно прибрать, перед тем как начнется ремонт. Максуд прошел в спальню, переоделся. Снова прошел на кухню, чтобы поставить себе чайник.

— Ты уже собрал свои вещи? — поинтересовалась Лариса.

— Это так срочно? — спросил он. — Неужели нельзя немного подождать. До свадьбы еще несколько месяцев. Мы успеем сделать здесь нормальный ремонт. По телевизору показывают, что можно сделать одну комнату за несколько дней.

— Там показывают глупости, — рассердилась Лариса, — неужели ты не понимаешь, что все это глупая реклама. Может, они ремонтируют неделю или месяц, а нам показывают, что все сделано за несколько часов. Это типичная телевизионная реклама. Нужно освобождать нашу квартиру прямо сейчас, чтобы начать основательный ремонт. И выбросить наше старье, которое никому не нужно. В некоторых шкафах полно разных книг, их тоже выбросить.

— И меня вместе с ними, — сказал Максуд.

— Я так не говорила, — супруга выразительно посмотрела на него и на домработницу. Он осмелился говорить подобные вещи в присутствии другого человека Он повернулся и вышел из кухни.

В этот момент раздался звонок его телефона. Он достал свой мобильный, увидел номер телефона. Это был Салим.

— Слушаю тебя, — сдержанно ответил Максуд.

— Спасибо тебе за квартиру, — услышал он слова Салима, — они в полном восторге. Мальчикам так понравилось их новое жилье.

— Ну и слава богу, — вздохнул Намазов, — хотя бы у них все в порядке.

— Завтра я буду еще в Москве. А послезавтра рано утром полечу в Махачкалу. На следующий день будем отмечать седьмой день. Ты сможешь полететь вместе со мной?

— Конечно. Обязательно полечу. Закажу нам два билета, — пообещал Максуд, — а почему тебе нужно завтра остаться в Москве? Я могу чем-то тебе помочь?

— Нет, спасибо. Постараюсь навестить кого-то из старых друзей. Может, у них есть какие-нибудь зацепки на этого Нугзара и его людей? Я специально подсчитал: на их счету только убитыми человек восемь или девять. А может, больше. Но моего отца они убили как своего кровника, в этом я не сомневаюсь. И поэтому у меня с ними особые счеты.

— Подожди, — вспомнил Намазов, — а если они сдадутся. Придут с повинной и сложат оружие. Что тогда ты будешь делать? Тогда любая месть с твоей стороны будет выглядеть незаконной. И тебя просто посадят.

— Они никогда не сдадутся, — уверенно произнес Салим, — это просто не те люди. Такие не выживают в колониях. На их счету слишком много убитых судей, прокуроров, сотрудников полиции. Если хочешь, это мой долг — найти и уничтожить бандитов.

— А если среди них будут не только бандиты. Что будешь делать тогда? Тебя просто не поймут. И потом вся эта затея с нашими родственниками выглядит просто несерьезно. Сотрудник исполкома, врач и егерь будут тебе помогать. Ты единственный воин в этой компании.

— Я думал, что ты тоже будешь нам помогать.

— Какая от меня польза? Я только буду вам мешать. Если бы я мог помочь, я бы не задумываясь взял оружие, чтобы быть рядом с тобой. Но я не представляю себе, как им пользоваться, — признался Намазов.

— Мы рассчитывали и на тебя, — повторил Салим, — но все равно тебе спасибо. Ты и так уже сделал достаточно. Завтра я тебе позвоню, — пообещал он, — к вечеру, когда освобожусь.

— Договорились, — Максуд убрал телефон и, обернувшись, увидел, что в комнате стоит Лариса. Очевидно, она давно слушала их разговор.

— Куда это ты собираешься лететь? — поинтересовалась она. — И про каких кровников вы говорите? Тебе осталось только опозорить нашу дочь. Твои родственники могут вообще не появляться на свадьбе нашей дочери, тебя одного вполне достаточно.

— Мы говорили не об этом.

— Меня не интересует, о чем вы говорили, — зло произнесла Лариса.

Максуд поднялся, посмотрел на нее. Покачал головой:

— Я же говорил тебе, что там погиб мой дядя. И мне нужно будет послезавтра утром полететь в Махачкалу.

— Ты только получил приличную должность и сразу хочешь все бросить ради своих вонючих родственников, — закричала Лариса. — Намазов, ты совсем сошел с ума.

— Меня зовут Максуд, — сказал он, с трудом сдерживаясь, — не смей называть меня по фамилии. И перестань оскорблять моих родственников, среди которых есть и недавно убитый. Заткнись! — крикнул он, выходя из гостиной.

Лариса испуганно охнула. Он никогда не позволял себе разговаривать с ней в таком тоне. Она даже опешила на одну минуту, но затем решила взять реванш...

— Ты как со мной разговариваешь?! — закричала она, даже не вспомнив, что в доме находится домработница. — Сделал нас нищими, тридцать лет сидишь в своем институте и еще смеешь со мной так разговаривать? Если бы не мой отец, ты бы вообще остался кандидатом наук и младшим научным сотрудником. Скажи спасибо, что тебе так повезло и за такое ничтожество, как ты, выдали меня — молодую, красивую, умную дочку члена-корреспондента, о которой ты даже не мог мечтать. Получил шикарную квартиру в центре города и теперь еще смеешь меня затыкать. Кто ты такой? Ничтожество и бездарь.

Уже не слушая ее оскорблений, он снова переоделся. Пошел к выходу.

— Не смей никуда уходить! — закричала она. Но он вышел из квартиры, сильно хлопнув дверью. Спустился вниз на улицу. И понял, что никуда не может и не хочет идти. Никуда, кроме Майи. Остановив такси, он попросил отвезти его к ней домой. И отключил свой мобильный, чтобы Лариса не могла его найти. Затем, подумав, он все-таки снова включил телефон и набрал номер Альтмана:

— Леня, у меня к тебе опять большая просьба. Я еду к Майе. Если будут тебя спрашивать, скажи, что звонил из лаборатории. Или скажи, что вообще не знаешь, где именно я нахожусь.

— Ты не считаешь, что в последнее время стал слишком часто «пропадать» в своей лаборатории?

— Ты не поверишь, но не слишком часто. Наоборот, слишком редко. Нужно вообще жить и работать в лаборатории, чтобы не могли достать.

— Только не говори этого Ларисе, — посоветовал Альтман, — иначе у тебя будут еще большие неприятности.

Максуд ничего не ответил. Он поймал такси и поехал к Майе. Поднялся к ней и позвонил. Прислушался. Ничего не было слышно. Он снова позвонил. Опять ничего. Достав свой мобильный, он набрал ее номер. Довольно долго ждал, пока она ответит, уже начиная волноваться, когда наконец услышал ее голос:

— Здравствуй, Максуд. Что случилось?

— Ничего. Приехал к тебе, как обычно, без предупреждения, — пояснил он, — а тебя нет дома.

— Я сейчас на встрече, — пояснила она. — Приехал гость из Польши, и у меня срочное задание взять у него интервью. Он рано утром улетает, и поэтому я жду его в отеле. Я думала, что сегодня ты будешь занят поисками квартиры.

— Уже нашел, — сообщил Намазов, — у нас было мало времени и поэтому пришлось действовать. И долго ты собираешься сидеть в этом отеле?

— Не знаю. Пока он не приедет. Говорила с его помощником, он пока задерживается. Ты извини, я действительно не думала, что ты сегодня можешь ко мне приехать.

— Не страшно. Подожду, пока ты вернешься, — сказал Максуд. — Только не очень задерживайся. Иначе я начну ревновать.

— Он маленький, толстый и лысый, — рассмеялась Майя, — и старше меня лет на тридцать.

— Я тоже старше тебя намного и уже начал лысеть, — заметил Намазов, — хорошо еще, что я не толстый и не маленький.

— Его показывают по телевизору, — весело ответила Майя, — он их вице-премьер. По всем новостям показывают. Можешь посмотреть и убедиться, что он явно не в моем вкусе.

— Не буду смотреть, чтобы не расстраиваться. Ладно, я немного подожду.

— Куда ты пойдешь?

— Не знаю. Наверное, к Альтману. Когда вернешься, позвони, может, я перестану ревновать и вернусь к тебе.

— Договорились.

Он спустился вниз, вышел во двор. Чудесная солнечная погода. Он присел на скамейку. Конечно, ему нужно полететь вместе с Салимом и отметить семь дней смерти своего дяди. А с другой стороны, его только назначили заместителем директора. И он не может все бросить и уехать. Нужно будет завтра поговорить, попытаться объяснить. Может, разрешат хотя бы уехать на два дня. Конечно, наивные планы Салима он совсем не разделяет. Составить группу мстителей из близких родственников и начать поиски банды убийц, которая численностью превосходит их в несколько раз. Так хорошо действовать на Диком Западе, где ковбои упражнялись в быстрой стрельбе. Но никак не на Кавказе, где существуют свои понятия чести. Выследить незаметно врага, прокрасться поближе к его дому, устранить его незаметно для других, остаться незамеченным и невидимым — здесь нет ничего противного традициям чести. Главная задача — устранение кровника любым способом. Ковбойская стрельба на улице, когда враги сходятся друг с другом, чтобы лично пристрелить своего соперника, невозможна в восточном ауле, обязательно появятся родственники и друзья одного из стреляющих, которые также будут считать делом своей чести защищать своего близкого. И тогда получится не дуэль, а небольшая бойня в центре любого горного селения или южного города.

Намазов размышлял о родственниках, о сложившейся ситуации... Васиф, его младший брат, хотя бы служил в армии. Он был пограничником в горах. С Салимом тоже все понятно. Он бывший спецназовец и, конечно, считает, что может найти и уничтожить банду

Нугзара. Но остальные явно не годятся на эту роль. Или годятся? Ведь Мурад по профессии егерь и стреляет очень неплохо. Хорошо ориентируется в горах, может пригодиться. А Сабир человек сугубо гражданской профессии. Он вообще не стрелок и не мститель, а врач. Хотя... Возможно, именно такой отряд и должен быть для поиска в горах и лесах. Егерь, который хорошо знает леса, бывший спецназовец, бывший пограничник и врач. Такая работающая четверка. Максуд вздохнул. Четверка, которая может справиться и без его участия. Он слишком стар, слишком долго жил в Москве, никогда не служил в армии, не держал в руках оружия, ничего не умеет делать, ничего не смыслит в подобных делах. Даже стыдно, что у него такие родственники, а он сам ни на что не годен.

«Хотя Талат тоже не особенно годен для подобного поиска. У него совсем слабое зрение. А я мог бы хоть немного поддерживать свою форму, — раздраженно думал Намазов. — Как только стал получать деньги, совсем позволил себе распуститься. Хожу в дорогие рестораны, ем жирную и острую пищу. Поправился на шесть килограммов. Раньше, в суровые девяностые, такого себе не позволял. Про дорогие рестораны даже не думал, часто довольствовался обычными бутербродами или

обедами в столовой, Лариса так и не научи-
лась нормально готовить».

Он сидел на скамейке, пытаясь найти вер-
ное решение. Кто мог подумать, что в наше
время возродится страшная традиция, вспом-
нится то, что уже травой забвения поросло...
Разве он мог предположить, что его прадед
был убит представителями семьи Асланхановых, а его дед, фронтовик и дважды секретарь
райкома, был мстителем за своего отца и брата.

И сегодня, когда на Кавказе происходят такие потрясения, снова появились бывшие
кровные враги, которые нашли и убили его
родного дядю, отца Салима. Намазов долго
сидел на скамейке, размышляя об этом. Затем
тяжело поднялся и поехал к Леониду Альтману. Конечно, Лариса его уже разыскивала.
Когда она позвонила в очередной раз на городской телефон Альтмана, тот передал трубку Максуду.

— Может, ты перестанешь меня позорить и
вернешься домой? — прошипела Лариса.

— Мы работаем, — сдержанно пояснил Намазов, — и я думаю, что сегодня останусь у
Лени.

— Хватит надо мной издеваться, — вспыли-
ла Лариса, — мне все это надоело. Если хочешь, можешь вообще не приходить. Только
учти, что мы все равно освободим квартиру,

чтобы начать ремонт. Можешь приехать и забрать свои вещи. Мой отец пообещал выделить тебе одну комнату для работы и твоих личных вещей. Будешь жить в доме академиков. Может, ты им понравишься, и они наконец сделают тебя хотя бы членом-корреспондентом.

— Не понравлюсь, — ответил Максуд, — я совсем не похож на твоего отца.

Лариса бросила трубку.

— Опять поругались? — добродушно спросил Альтман.

Намазов кивнул. Майя вернулась домой только в двенадцатом часу. Польский вице-премьер появился в отеле слишком поздно, и запланированное интервью пришлось отменить. По ее голосу он понял, как она устала. Максуд не поехал к ней, пожелав спокойной ночи. И остался ночевать на диване у Альтмана. На следующее утро он вызвал служебную машину к дому Леонида, и они вместе поехали на работу. Он позвонил Салиму и сообщил ему, что готов вылететь вместе с ним. Кажется, Салим даже не удивился.

ГЛАВА 8

Ему предстоял неприятный разговор с Реутовым, назначенным исполняющим обязанности директора института. После ухода Кондратенко директором стал его заместитель по науке, что было логично и предсказуемо. Однако именно в этой логичности и предсказуемости были некоторые проблемы. Илье Денисовичу Реутову было шестьдесят восемь лет. Его единственным и неоспоримым преимуществом был опыт работы в институте на протяжении последних тридцати лет. Он переехал сюда еще в начале восьмидесятых из Новосибирска. Реутов не был выдающимся ученым или способным физиком. Но просидев почти двадцати лет на своем месте, он в возрасте пятидесяти семи лет наконец стал заместителем директора по науке. Ему отчасти повезло, так как Намазов и Альтман на тот момент считались неприлично молодыми учеными, еще не достигшими сорока лет, а других явных претендентов на эту должность не было. Так произошло назначение исполняющим обязанности руководителя института. После давно планируемого ухода Кондратенко на пост директора снова могли претендовать только несколько человек, среди которых был первый претендент на эту должность — Илья Денисович Реутов. Он был доктором наук, хотя понятно, что ему уже никогда не стать ни членом-корреспондентом, ни академиком. Но по выслуге лет он был основным кандидатом. Остальные явно не проходили, хотя Реутов прекрасно знал, что бывший директор явно благоволит к Намазову. Он также понимал, что Намазов и Альтман, еще не достигшие пятидесятилетнего рубежа, не просто самые талантливые специалисты в их институте, но и реальные претенденты на членство в Академии наук, а он в своем возрасте мог быть лишь временным директором и должен будет уступить свое место одному из них. Именно поэтому он с таким неприятием воспринял назначение Максуда Намазова своим заместителем по науке, понимая, что этот специалист претендент на его место. А ушедший Кондратенко, обладая большими связями и используя свою репутацию, наверняка попытается провести именно этого молодого кавказца в директора института.

Реутова возмущал тот факт, что претендентами являются еврей Альтман и кавказец Намазов, как будто другие ученые с более нормальной родословной из славянских народов не могли быть руководителями их учреждения. Реутов работал все эти годы над различными темами, ничего выдающегося не сделал, несколько работ его аспирантов и сотрудников были записаны как их коллективный труд, в котором он был руководителем. И постепенно он выдвинулся сначала в заместители директора, а затем стал и директором института. Однако ходили слухи, что на ближайших выборах в академию ученых Альтмана и Намазова изберут членами-корреспондентами и тогда Реутову придется уступить свое место одному из них. Учитывая все эти обстоятельства, Илья Денисович встретил пришедшего Максуда Намазова довольно настороженно.

— Какие-то проблемы? — спросил он, когда они обменялись рукопожатиями. — Я думал, что на совещании мы обговорили все наши ближайшие планы.

— Нет, я не об этом, — сообщил Максуд, — пришел просить у вас срочный отпуск на два дня. На четверг и пятницу. С учетом выходных получится четыре дня. Думаю, что управлюсь и успею вернуться.

— Ничего не понимаю, — насторожился Реутов, — какой отпуск? Вы только что стали заместителем директора института. У вас столько работы и вы хотите все бросить?

— Нет. Но у меня погиб дядя, брат моего отца, — пояснил Намазов, — и завтра днем там будут отмечать семь дней его смерти. Я его старший племянник и обязан полететь на эти поминки. Вы меня понимаете?

— Конечно, — сразу кивнул Реутов, — конечно, поезжайте Максуд Касумович. Нужно было сразу мне об этом сказать. Никаких вопросов. Спокойно летите к себе и вернетесь в понедельник утром. Все будет в порядке. Наши проблемы могут подождать. Я знаю, как у вас на Кавказе относятся к таким традициям. Поэтому не беспокойтесь. Кстати, передайте привет вашему тестю, когда его увидите. Вениамин Платонович был руководителем моей дипломной работы еще в шестьдесят девятом, когда я оканчивал институт. Можете себе представить, сколько лет с тех пор прошло? Мне было двадцать два, а ему не больше тридцати. Он тогда еще был доцентом. Передайте от меня большой привет.

— Обязательно передам. Но вы об этом мне никогда не рассказывали.

— Странно, — удивился Реутов, — я думал, что вы знаете.

Максуд вышел из его кабинета в некотором смущении, словно их разговор остался недосказанным. Он знал, что Реутов воспринял назначение Намазова безо всякого энтузиазма. Максуд был зятем известного Зайцева, который вполне мог помочь протолкнуть кандидатуру своего родственника в члены-корреспонденты. И называя фамилию его тестя, Реутов словно предупреждал своего заместителя о том, что он понимает, какие силы будут задействованы для продвижения кандидатуры Намазова в руководители института.

Самолет в Махачкалу улетал рано утром. Максуд вернулся домой, собрал небольшой чемодан. К его досаде, вечером приехала Лариса, которая решила с ним попрощаться перед отъездом. И предупредить, чтобы он был осторожнее во время поездки в «этот криминальный город», как она назвала Махачкалу. Намазов не стал с ней спорить. Позвонил дочери, которая удивилась, узнав о его отъезде, и довольно равнодушно пожелала ему счастливого пути. Он попрощался и положил трубку, в который раз подумав, что потерял дочь еще тогда, когда разрешил ей проживать в доме ее дедушки.

В эту ночь он не мог уйти из дома, так как Лариса осталась ночевать в их квартире. В шесть часов утра приехала его служебная машина. Лариса все-таки проснулась и поднялась, чтобы его проводить. Он вспомнил, что в их семье было принято выливать воду вслед уезжавшим, но Лариса не поняла бы подобного жеста, да и выливать воду на их лестничную клетку было невозможно. Соседи могли не понять подобного ритуала. Он привычно сухо поцеловал ее на прощание в щеку. Он уже забыл, когда они целовались в губы. А может, это было только до свадьбы? Максуд вышел из дома, с удивлением обнаружив водителя, терпеливо ожидавшего его у дверей.

— Что случилось? — спросил он.

— Ваш багаж, — пояснил водитель, — я на всякий случай поднялся, чтобы помочь вам с багажом. Если у вас будет тяжелый чемодан.

— У меня только небольшой чемодан на колесиках, — показал Максуд, — никогда не нужно подниматься, если я тебя сам не позову. Идем быстрее, нам еще нужно заехать за моим двоюродным братом.

Салим уже ждал их на улице. В отличие от Максуда у него был довольно большой и тяжелый чемодан. Они достаточно быстро прошли контроль. Правда, проверяя чемодан Салима, сотрудник полиции, просматривая изображение содержимого, уточнил, что именно находится в чемодане.

— Это геологическое оборудование, — спокойно пояснил Салим, — я по профессии геолог и лечу на экспедицию в горы.

Сотрудник полиции согласно кивнул, пропуская его чемодан. Уже в самолете Салим объяснил, что в его чемодане находится оборудование для обнаружения металла и приборы ночного видения, которые он сумел достать в Москве. Но это не оружие, и потому досматривающий чемоданы сержант не обратил внимания на эти приборы. В Махачкалу они прилетели в девять часов утра. Максуда поразили настороженные и мрачные выражения лиц людей, которых он увидел в аэропорту. Казалось, что эти люди разучились улыбаться. У всех были отрешенные лица, никто громко не разговаривал, не смеялся, словно здесь был не кавказский город, а аэропорт где-то в глубине скандинавской страны, где даже громкий разговор считался бы неприличным. И все говорили достаточно тихо, не привлекая к себе ненужного внимания.

Намазов увидел, как к ним подошел сотрудник полиции в форме. Кивнул Салиму.

— С приездом, — негромко сказал он, — тебя здесь уже ждут. Приехал твой племянник Магомед.

— Как у вас дела? — спросил Салим.

— Плохо, — вздохнул офицер, — вчера убили еще двоих наших на блокпосту. Будь осторожен, Салим. Там уже знают, что ты собираешь своих родственников на поиски Нугзара. Вам всем нужно быть осторожнее, — он передал приехавшему какой-то пакет. Салим взял пакет и, коротко поблагодарив, пошел к выходу.

Максуд зашагал следом. У выхода их уже ждал родственник Салима со стороны матери. Внук ее сестры. Ему было только двадцать четыре года. Невысокий, худощавый, по имени Магомед. Он положил чемодан и сумку в багажник своего внедорожника «Хендай» и негромко спросил, куда они поедут.

— К нам в село, конечно, — решил Салим, — наверное, отец Максуда тоже находится там.

— Все приехали, — подтвердил Магомед, — и Васиф там вместе с дядей Касумом, и муж твоей сестры — Мурад. Еще ждут, когда прилетит Сабир. Кстати, Мурад оставил тебе два ружья в багажнике. Сказал, чтобы я тебя обязательно о них предупредил.

— Мне уже дали в аэропорту оружие, — сообщил Салим, раскрывая пакет. Максуд с удивлением обнаружил там блеснувшую сталь пистолета Макарова. Он изумленно взглянул на своего двоюродного брата.

— Полицейский офицер дает тебе оружие в аэропорту, — пробормотал Намазов, — кажется, я действительно отстал от жизни.

— Он наш дальний родственник, — пояснил Салим, — Нугзар или кто-то из его людей мог встретить нас прямо в аэропорту. А Магомед мог опоздать. И тогда мы не смогли бы защищаться. Ты не беспокойся, у нас все по закону. Это мое оружие, которое я не могу брать с собой в Москву. Тем более когда сажусь в самолет. У меня есть на него официальное разрешение, но только для моей работы. Нам нужно быть осторожнее. Ведь для наших кровников самое главное — не просто нас убить, а забрать на могилы своих родственников, чтобы совершить ритуал там. С моим отцом подобное не получилось. Он был сильный человек, и они понимали, что похитить его в центре села просто невозможно.

— У вас прямо как на Диком Западе, — недовольно сказал Максуд, — я действительно давно сюда не приезжал.

— За последние годы в Дагестане все изменилось, — пояснил Салим, — у нас убили и министра внутренних дел, и министра финансов, и еще много разных чиновников. О сотрудниках полиции я вообще не говорю. У молодых отморозков появилась такая забавная игра — охота на полицейских. Хотя могут пристрелить и кого-то из наших — судебных приставов, следователей, сотрудников ФСБ, прокуроров. Главное, чтобы он был из правоохранительных органов. Вот такие игры...

— Что делать с ружьями? — снова спросил Магомед.

— Достань ружья и положи их в салон, на пол, — распорядился Салим.

— Зачем? — удивился Магомед. — На них есть официальные разрешения. Не нужно на пол, можно провезти в багажнике. Это ружья егеря, полиция их не трогает. И в салоне их сразу найдут, лучше пусть будут лежать в багажнике.

— Положи на пол в салоне, — повторил Салим, — это не для полиции, а для нашей защиты, — пояснил он, — если мой пистолет не поможет.

— Сейчас достану, — сразу понял Магомед.

Он действительно достал два длинных ружья и переложил их на пол в салоне своего автомобиля. Затем сел за руль.

— А где моя мать? — уточнил Намазов.

— Она тоже там, в селе, — ответил Магомед, — еще вчера уехали из дома. Мы думали, что вы не сможете приехать. Все говорят, что вас недавно назначили на большую должность.

— Это не совсем так, — ответил Максуд, но не стал вдаваться в подробности.

— Палатку уже поставили? — строго уточнил Салим.

— Конечно, — ответил Магомед, — еще вчера вечером. И соседнюю палатку для поваров поставили, чтобы они могли там спокойно раскладывать еду и подавать всем пришедшим. Палатка на двести человек, но наши думают, что людей может быть больше.

Традиционный плов обычно распределяли по большим блюдам в соседней «поварской» палатке, откуда несли на столы гостям. Кроме риса, там еще подавали мясо с каштанами и курагой либо с зеленью. Из напитков всем пришедшим подавали айран, минеральную воду и шербет. Разумеется, любые алкогольные напитки были категорически запрещены. Это было бы оскорблением памяти. До обеда на столе лежали фрукты, сахар, всем раздавали чай в традиционных небольших стаканах грушевидной формы называемых «армуды». Обязательным атрибутом были сладкая халва и нарезанные ломтики лимонов для чая. Когда подавался плов, сначала приносили хлеб и лаваш, затем сыр, свежие помидоры, огурцы, зелень и маринады. Поминовение усопшего начиналось после небольшой молитвы моллы, когда можно было наконец есть. И заканчивалось также после благословения моллы, причем первыми должны были собирать со стола хлеб и лаваш. Азербайджанцы, проживающие в Махачкале, выходцы из северных районов, как и местные народы — лезгины, аварцы, даргинцы, — обычно были суннитами и отмечали семь дней в память усопшего. При этом плов с хлебом ели только азербайджанцы — выходцы из Карабаха или из Баку, тогда как все остальные предпочитали есть лаваш и хлеб с сыром, зеленью или халвой. А уже затем приступать к основному блюду.

В этих местностях южного Дагестана и северного Азербайджана было очень много смешанных семей из азербайджанцев и лезгинов. Многие азербайджанцы владели лезгинским языком, а многие лезгины говорили по-азербайджански. Хотя в массе своей азербайджанцы были шиитами. Не стала исключением и семья Намазовых. Хотя они перебрались сюда из азербайджанского района Закаталы, но семья традиционно считалась шиитской. Тогда как Асланхановы были суннитами. И это тоже накладывало свой своеобразный отпечаток на противостояние двух семей. Шииты рассказывали, что у суннитов растут хвосты, а сунниты говорили о безбожниках шиитах. Хотя, ради справедливости, стоит отметить, что Азербайджан был практически единственной мусульманской страной в мире, где ненавистное противостояние и безумная вражда шиитов и суннитов никогда не практиковалась. И если во всем остальном мусульманском мире, особенно в исламских странах, подобное противостояние длилось веками и выливалось в массовые побоища и убийства, то в самом Азербайджане подобного никогда не случалось.

Машина двигалась в сторону Буйнакска, чтобы затем свернуть на север, по направлению к Чиркею, недалеко от которого находилось село Кафыркент. Когда они выехали из города, то почти сразу натолкнулись на блокпост. Сотрудники полиции, дежурившие там с автоматами, остановили их внедорожник, и двое полицейских осторожно подошли к ним.

— Куда едете? — спросил капитан.

— В Кафыркент, — пояснил Магомед.

— Документы покажите, — потребовал офицер.

Все трое достали свои паспорта. Второй полицейский сжимал автомат, как и его товарищи на блокпосту. Слишком много сотрудников полиции погибло в этих местах. Капитан внимательно просмотрел все документы. Потребовал водительское удостоверение и технический паспорт. Затем посмотрел на сидевших в салоне машины.

— Это вы Салим Намазов? — спросил он у сидевшего на заднем сиденье Салима.

— Да, — кивнул тот, — мы разве знакомы?

— Нет, — ответил капитан, — но я знал вашего отца. Мой дядя работал с ним в суде. Мир праху вашему отцу, я слышал, что его недавно убили.

— Сегодня семь дней, — ответил Салим, не выдавая своих чувств.

— Пусть Аллах будет к нему милостив, — пробормотал традиционные слова соболезнования капитан.

— И ко всем вашим родственникам, — также традиционно ответил Салим.

Капитан протянул им документы, заглянул в салон. Увидел ружья. Понимающе кивнул.

— Наверное, у вас есть разрешения на эти ружья, — он не спрашивал, он произнес эти слова как констатацию факта.

— Есть, — кивнул Салим.

— Проезжайте, — разрешил капитан, — только будьте осторожны. Немного дальше Альбурикента видели незнакомых людей на машине без опознавательных знаков. Белый автомобиль «Жигули». Будьте осторожны. Могут быть неприятности. Хорошо, что у вас есть ружья. Доброго пути, и передайте мои соболезнования всей вашей семье.

— Спасибо, — Салим забрал документы и машина медленно отъехала. Сотрудники полиции проводили ее долгим взглядом.

Они отъезжали от блокпоста на триста, пятьсот, семьсот метров, удаляясь все дальше и дальше.

— Твоего отца здесь все знали и уважали, — понял Максуд.

— Он был честным судьей, — ответил Салим, — набожным человеком и честным судьей. Он ведь совершил хадж шесть лет назад в Мекку и стал Хаджи. А такие люди не могут быть подлецами. Брать деньги, получать взятки, торговать совестью и фабриковать дело по указке сверху. И об этом все знали. Самые сложные дела поручали рассматривать в суде моего отцу. И он всегда их честно разрешал. И все знали, что Кадыр Намазов никогда не берет денег. Об этом знали и люди Нугзара. И они знали, что он был Хаджи, совершивший паломничество в Мекку. Но, несмотря на это, его убили. Если Аллах допускает, чтобы убивали даже таких людей, значит, он решил доверить месть обычным людям, родным убитого. И хочет, чтобы мы выполнили весь ритуал, — убежденно произнес Салим.

Максуд тяжело вздохнул. Ему — доктору физико-математических наук и профессору, — сложно было поверить в существование надземного всепланетного Разума, который управляет судьбами людей. Но говорить об этом своему родственнику не следовало.

— Мне кажется, что поисками Нугзара должны заниматься правоохранительные органы, — сказал Намазов, — но я понимаю твои чувства, Салим. Хотя это может быть очень опасно.

— Рано или поздно кто-то должен их остановить, — убежденно произнес Салим.

— Впереди на дороге машина. Рядом с ней какие-то люди, — обернулся к ним Магомед, — кажется, их двое.

— Будь осторожен, — предупредил Салим, — это могут быть как раз те люди, о ко-

торых нас предупреждали. Следующий блокпост далеко?

— Двенадцать километров, — ответил Магомед, — но на дороге не белый «Жигуль», а
темная машина. Кажется, «Форд». Двое мужчин стоят у машины и просят нас остановиться.

— Все равно будь осторожен, — попросил
Салим. Магомед чуть сбавил скорость.

— Ты умеешь стрелять? — спросил Салим у
своего родственника.

— Нет, — растерялся Максуд, — никогда не
стрелял.

— Возьми второе ружье, Магомед, — решил
Салим, — а ты, Максуд, возьми первое. Ничего
делать не нужно. Если понадобится, стреляй
хотя бы в воздух, чтобы отвлечь их внимание.

Машины неумолимо сближались. Магомед
затормозил примерно в десяти метрах от незнакомцев. Поправил ружье, лежавшее рядом
с ним. Посмотрел в зеркало заднего обзора.
Салим вышел из машины. Свой пистолет он
держал в левой руке, подняв высоко правую.
Незнакомцы не могли знать, что он хорошо
стреляет и левой рукой.

— А если это действительно бандиты, —
спросил Максуд, всматриваясь в уходившую
фигуру Салима, — и они начнут стрелять без
разговоров?

— У нас любой прохожий может оказаться бандитом или случайным гостем, застрявшим на дороге, — пояснил Магомед, напряженно наблюдая за неизвестными, сжимая в руках ружье.

— Но это не те бандиты, о которых нас предупреждали, — пробормотал Намазов, — у этих совсем другая машина.

— Это ничего не значит, — усмехнулся наивности приехавшего столичного гостя Магомед. — Если это бандиты, то они могли бросить свою машину и захватить другую. А владельца машины просто убить. Или высадить где-нибудь по дороге...

— Своеобразные законы, — пробормотал Максуд.

Салим подошел почти вплотную к двоим незнакомцам. Они перекинулись парой фраз. Что было дальше, Максуд сразу не понял. Он только увидел, как Салим внезапно отпрянул, словно отпрыгнул от незнакомцев, и оба незнакомца одновременно достали оружие. Но на это у них ушло полторы или две секунды. За это время Салим успел упасть на асфальт, перекатиться на землю и выстрелить в ближнего незнакомца. Тот схватился за бок, зашатался. Второй сумел выстрелить в Салима, а затем дважды выстрелить в «Хедай». Переднее стекло лопнуло, рассыпаясь на куски, и после второго выстрела бандита Магомед вскрикнул, хватаясь за плечо.

Второй нападавший повернулся и еще раз выстрелил в Салима, но тот каким-то непонятным образом умудрился несколько раз перевернуться на месте и тоже выстрелить дважды в ответ. Второй выстрел попал в левую руку нападавшего. Первый из нападавших уже лежал на асфальте.

— Стреляй, стреляй в них! — крикнул Магомед.

Максуд попытался достать ружье, но оно зацепилось за переднее сиденье. Дергая изо всех сил ружье, Максуд не заметил, как нажал на курок и произошел выстрел. Пуля вылетела в раскрытое боковое окно. Второй нападавший обернулся и, поняв, что в салоне автомобиля есть еще и другие вооруженные люди, побежал в сторону кустарника. Максуд наконец вылез из салона автомобиля и сумел вытащить ружье. Поднявшийся Салим присел на корточки, прицелился, продолжая стрелять вслед убегавшему бандиту. Выстрел, второй, третий. Бандит уходил зигзагами. У Салима закончились патроны. Он обернулся, увидев стоявшего с ружьем Максуда, и крикнул ему:

— Быстрее ко мне.

Он никогда раньше не позволял себе кричать на старшего таким тоном. Не дожидаясь, пока Максуд подбежит к нему, он сам поспешил навстречу, буквально вырвал из рук ружье и, прицелившись, выстрелил в спину уходящему. Тот был уже рядом с кустарником. Но пуля из ружья попала ему в спину, и он, всплеснув руками, свалился. Салим побежал к упавшему. Первый бандит, лежавший на асфальте рядом с машиной, стонал от боли. Его пистолет валялся рядом, и он тянулся к нему, чтобы его схватить. Максуд видел эту картину словно в замедленном варианте кино. Он сумел каким-то неведомым образом выйти из ступора и, сделав несколько трудных шагов, отбросить ногой пистолет в сторону. Раненый застонал и пополз к машине. В салоне автомобиля у него лежал автомат.

Салим дошел до убитого и убедившись, что тот мертв, начал его обыскивать. В это время первый раненый полз к машине. Магомед заметил его движение.

— Не пускай его к машине, — закричал он, держась за плечо, где расплывалось большое красное пятно, — не пускай к машине.

Намазов обернулся. Увидел Салима, обыскивающего убитого, посмотрел на Магомеда, сидевшего в машине и державшегося за плечо, увидел, как ползет бандит. Ему стало стыдно, что он ведет себя как растерявшийся мальчишка. Поэтому он заставил себя обернуться, поискать глазами отлетевший в сторону пистолет, наклонился и взял в руки оружие. Они у него дрожали. Бандит обернулся, увидел, как Намазов поднимает пистолет, и пополз еще быстрее.

— Стреляй в него, — изо всех сил крикнул Магомед.

Максуд прицелился. Бандит уже дополз до машины и, открыв дверь, пытался достать автомат. Он был в пяти метрах от Намазова. Максуд опустил пистолет, снова поднял, прицелился. Бандит чуть приподнялся, нащупывая автомат.

— Стреляй! — отчаянно крикнул Магомед, пытаясь вылезти из своей машины.

Максуд видел перед собой живого человека. Он понимал, что сейчас бандит достанет автомат и, возможно, первым выстрелом убьет именно его. Но он не мог себя заставить выстрелить в живого человека, тем более раненого. Это было выше его сил. Он просто не мог заставить себя выстрелить. Бандит снова обернулся. Он был серьезно ранен, но, очевидно, уже понял, что этот интеллигент в галстуке и костюме не будет в него стрелять. Просто не сможет. Поэтому он радостно улыбнулся и уже более спокойно потянул автомат к себе. Забрал его. Максуд опустил руку во второй раз. Он уже понял, что не сможет выстрелить в этого типа. Бандит достал автомат, передернул затвор, поднял оружие и прицелился. Он все еще лежал рядом с машиной. Максуд стоял перед ним как идеальная живая мишень. Бандит еще раз улыбнулся, и в этот момент прозвучал выстрел. Раненый дернулся и, выпустив из рук автомат, опрокинулся на асфальт. Максуд изумленно оглянулся. Это выстрелил Салим, уже подходивший к ним...

ГЛАВА 9

Максуд по-прежнему стоял и смотрел, как Салим проверяет карманы погибшего. Он достал его документы и почему-то удовлетворенно кивнул, словно хотел найти именно их. Потом вытащил телефон, просмотрел номера. Только после этого обернулся к Намазову.

— Они из банды Нугзара, — пояснил он, — я так и думал. Один из них меня узнал. Их послали специально, чтобы нас встретить. Не думали, что нас будет трое и мы будем вооружены. Спасибо тебе, твой выстрел отвлек их и очень мне помог.

Намазов мрачно его слушал. Он понимал, что Салим нарочно говорит подобные слова благодарности, чтобы как-то его поддержать и вывести из состояния депрессии. Поэтому он ничего не отвечал. Салим поспешил к Магомеду, который уже сумел вылезти из машины и, прихрамывая, подходил к ним. Дальше все было проще. Салим позвонил по мобильному телефону в Махачкалу и сообщил о случившемся. Через полчаса приехали сотрудники ФСБ сразу на трех машинах. Они собирались увезти Салима с собой, чтобы он дал объяснения о случившемся. Но узнав о том, что он едет на поминки своего отца, решили ограничиться кратким допросом и разрешили им продолжить свой путь. Потеряли почти три часа. Магомеда увезли в больницу, несмотря на его возражения. У него был такой несчастный вид, словно он сам нарочно подставился под пули бандитов. Магомед просил сделать ему перевязку и отпустить домой, но Салим настоял на том, чтобы племянник поехал в больницу. Он успел стереть свои отпечатки пальцев с телефонов, которые достал из карманов напавших, и вложил их обратно.

Один из сотрудников ФСБ предложил проводить их до села, но Салим отказался, посчитав, что больше нападений не будет. Он сам сел за руль машины, чтобы доехать до Кафыркента. Во время приезда сотрудников ФСБ выяснилось, что второй бандит, которого он догнал и застрелил, уже несколько лет был во всероссийском розыске.

Остаток пути они совершали в молчании. Когда миновали блокпост на въезде в село, Максуд негромко произнес:

— Ты меня извини, Салим. Я не думал, что здесь все так сложно. И мне самому было очень трудно выстрелить в живого человека. Я понимал, что нужно стрелять. Понимал, что он дотянется до автомата и убьет нас всех. Но не мог себя пересилить...

— Ничего особенного не случилось, — возразил Салим, — так всегда бывает, когда первый раз попадаешь под выстрелы. И стрелять в другого тоже сложно. А ты еще сумел его пистолет забрать и из ружья выстрелить...

— Это случайно получилось, — возразил Намазов, — я не мог выдернуть ружье из салона автомобиля.

— Из таких случайностей в бою порой и складывается победа, — заметил Салим. И помолчав, добавил: — Ты меня тоже извини. Я не должен был кричать на тебя при Магомеде. Ты у нас самый старший.

— Какие глупости, — поморщился Максуд, — нашел, о чем сейчас вспоминать. Хорошо, что ты так подготовлен и сумел в одиночку с ними справиться. Если бы ты опоздал хотя бы на одну секунду, то они бы выстрелили первыми. Тебе спасибо за то, что нас спас.

Оба больше не сказали ни слова. Машина, въехав в село, подъехала к дому судьи Кадыра Намазова. Село Кафыркент находилось недалеко от Чиркея, который считался уже достаточно большим райцентром, где имелись районные прокуратура и суд. На часах уже было около четырех дня. Очевидно, мужчины уже успели сходить на местное кладбище и сейчас собрались на поминовение погибшего.

У дома стояла большая палатка, к которой подходили мужчины. Рядом была небольшая палатка, в которой готовили еду и чай. Салим припарковал машину, вылез из салона. К ним уже спешил Мурад, муж его сестры. Он был высокого роста, худощавый, подвижный. Пожав руку Салиму, спросил:

— На вас напали?

— Откуда знаешь? — хмуро осведомился Салим.

— В Махачкале уже все знают. Оттуда звонили, — пояснил Мурад, говорят, что ты двоих сразу уложил. Какой молодец! Мы все-таки были правы, когда подозревали, что...

— Потом поговорим, — прервал его Салим, — сейчас не время и не место обсуждать все наши проблемы.

Мурад, поняв, что допустил ошибку, прикусил губу. Салим добродушно улыбнулся. Он любил мужа своей сестры, считая его добрым и немного наивным человеком.

— Это мне Максуд помог, — показал на приехавшего родственника Салим. Мурад повернулся и, широко улыбаясь, протянул руку московскому гостю.

— Здравствуйте, уважаемый Максуд-муэллим. — Дословный перевод означал «учитель». Так обращались к уважаемым и старшим людям по-азербайджански. Намазов пожал протянутую руку.

— Без них я бы не справился, — сказал Салим, — без Максуда и Магомеда.

— А где он? Почему не приехал?

— Он ранен, — также мрачно пояснил Салим, — его увезли в городскую больницу. Он не хотел туда ехать.

— В обычную больницу? — тревожно спросил Мурад. — Может быть, не нужно было его туда отправлять?

— В госпиталь МВД. Я объяснил, что Магомеда нельзя отправлять в обычную больницу. Там его найдут наши кровники или родственники бандитов. Поэтому Магомеда повезли в госпиталь. Там надежная охрана, можешь не беспокоиться.

— Здравствуй, Максуд, — услышал Намазов знакомый голос и увидел вышедшего к нему Васифа, своего младшего брата. Они расцеловались. Васиф изменился, подсознательно отметил Максуд. В молодости Максуд всегда помогал и защищал младшего брата. Сейчас Васиф возмужал, отпустил усы, стал выглядеть гораздо старше своих лет, словно ему прибавила солидности его должность в исполкоме. Ему было уже сорок три года, и разница в шесть лет в детстве, казавшаяся огромной, стала смешной, когда им обоим уже за сорок. Но Васиф всегда испытывал к старшему брату не только чувство уважения и благодарности, но и восхищения. Он знал, что Максуд назначен заместителем директора института по науке. И хотя он не знал подробностей всех работ, но осознавал, что его старший брат доктор наук и профессор.

— Как отец? — спросил Максуд.

— Переживает, — пояснил Васиф, — он сейчас в палатке. Принимает людей как старший в роду. Никто не думал, что они посмеют убить дядю Кадыра прямо в родном поселке. Приехали на машине и убили на глазах у нескольких свидетелей. Уже ничего не боятся.

— И их не задержали?

— Не успели. Они сразу в горы уехали. А там никого найти невозможно. Даже не пытались искать, — махнул рукой Васиф.

— А как они приехали к вам в село, минуя блокпосты в горах? — недоверчиво спросил Максуд. — Я сам видел, как они все тщательно проверяют. Как бандиты смогли миновать посты полиции?

— Как обычно. Либо при помощи своих пособников, либо при помощи денег. И в том, и в другом случае они находят бесчестных и бессовестных людей, которых в последнее время становится все больше и больше.

— Я не понимаю, что у вас происходит, — признался Максуд. — Почему в соседней Чечне смогли навести порядок, а здесь каждый день кого-то убивают или взрывают? Почему именно здесь?

— Никакого секрета нет, — пояснил Васиф, — в Чечне к власти пришел Рамзан Кадыров. Он настоящий «волкодав», который сумел придушить всех несогласных. Или заставить их хотя бы опасаться власти. Там бандиты знают, что с ними не будут церемониться. И чиновники знают, что, если пойдут на контакт с бандитами, им не будет пощады. Власть может закрыть глаза на их обогащение, но за предательство и пособничество бандитам — расплата будет беспощадной. А здесь все иначе. Здесь не просто воруют, здесь еще и помогают бандитам. Даже не так. Не помогают, а используют бандитов в личных целях. Покровительствуют им. Ты думаешь, почему у нас так часто убивают министров и других должностных лиц? Неужели это все делают бандиты? Это сводят счеты чиновники, используя бандитов в качестве своеобразных киллеров. И об этом все знают. Все прогнило, Максуд, сверху донизу. Главный принцип любого чиновника — обогащение. Любым путем. Предательство Родины, измена друзьям, устранение соперников, воровство в неслыханных масштабах — все позволено ради обогащения. Нас убедили за столько лет, что Аллаха все равно нет, совесть не нужна, а про честь вспоминают только тогда, когда убивают твоего родственника.

— Все равно ничего не понятно, — заметил Максуд. — Или в Чечне нет своих расхитителей?

— Там есть сильный лидер, которого боятся, — пояснил Васиф, — вот почему в Азербайджане так быстро навели порядок. И с преступностью практически покончили, и с зарвавшимися чиновниками. Там появился сильный лидер — Гейдар Алиев. На Востоке нет места колеблющимся, слабым руководителям. Думаешь, у них нет коррупции или воровства? Тоже есть. И наверняка в больших размерах. Но они навели там идеальный порядок. Ни одного террористического акта за много лет. Говорят, что даже машины перестали угонять. Самый низкий уровень преступности в странах СНГ. Нам всем рассказывали, что, когда в Баку проходил конкурс «Евровидения», подготовленные специально группы террористов должны были врываться в отели и убивать иностранных гостей. А еще одна группа должна была убить президента. И чем все это закончилось? Арестовали всех, без исключения. Знаешь почему? Не потому, что там все чиновники такие честные и порядочные. Там наверняка есть и свои воры, и свои расхитители. Но ни одному из них не придет в голову «крышевать» вооруженные банды, сводить счеты с конкурентами таким образом. После отца к власти пришел сын. И он тоже не церемонится с подобными деятелями. У нас в Дагестане нужно наводить порядок во властных структурах, и тогда у бандитов не будет таких союзников.

— Видимо, мне нужно чаще бывать здесь, чтобы во всем разбираться, — мрачно произнес Максуд.

— Идем в палатку, — предложил Васиф, — отец там ждет тебя. Хотя будет лучше, если ты сначала поднимешься к женщинам. Мама тебя ждет. Потом неудобно будет выходить из палатки.

— Правильно, — согласился старший брат.

Они обошли палатку, входя в дом, поднялись на второй этаж, где сидели женщины. Входить в комнату Максуд не захотел, хотя ему было уже около пятидесяти. Согласно традициям он остался в коридоре, пока кто-то из девочек не вошел в комнату, приглашая его мать выйти. Через минуту вышла мать. Она обняла сына, поцеловала его. Тихо сказала Васифу, чтобы он позвал с кухни свою жену — Халиду. И уже обращаясь к старшему сыну, спросила, как чувствует себя его дочь. Про жену она принципиально не спрашивала. Ей с самого начала не нравилась Лариса. К тому же она не приехала с мужем даже в такой тяжелый день, чтобы поддержать своих родственников. Максуд подумал, что ему было бы сложно объяснить Ларисе или ее отцу все условности их традиций. Точно так же здесь в доме никто бы не понял, если бы он рассказал о том, как Лариса предлагает ему освободить квартиру для ремонта и последующего временного вселения Арины с мужем. На Кавказе уважение к старшим считалось абсолютно незыблемым законом.

— Все нормально, — ответил Максуд, — не беспокойся. Все в порядке, — он не стал рассказывать матери о предстоящем замужестве Арины. Сейчас это было совсем некстати. Нужно будет еще попытаться объяснить, почему Лариса не хочет видеть на свадьбе старшей внучки Намазовых своих родственников.

«Возможно, Васиф и Сабир поймут, — подумал Максуд, — но родители обидятся. Особенно мама. Она ведь хотела назвать девочку в честь своей матери, а Лариса настояла на имени «Арина» в честь собственной бабушки. Нужно было еще тогда настоять на своем, но он посчитал, что для девочки, живущей в Москве и являющейся внучкой Зайцева, будет лучше, если ее назовут Ариной, а не Зибейдой. Вот из таких незаметных компромиссов я и разрушил собственную личную жизнь», — с огорчением вспомнил Максуд.

Появилась Халида. Она была моложе Васифа на десять лет. Молодая, смешливая, живая, жизнерадостная. Даже в такой тяжелый день. Увидев старшего брата мужа, она улыбнулась Максуду.

— Здравствуйте, Максуд-муэллим, — весело сказала она.

Между ними была разница в шестнадцать лет. Максуда всегда возмущало такое обращение, но сейчас он не стал возражать. Только улыбнулся в ответ и поцеловал супругу своего брата в щеку. Она весело кивнула, взглянув на мужа. Он также весело кивнул головой.

— Мы давно вас не видели, — сказала Халида, — наши дети уже забыли, как выглядит дядя Максуд, о котором мы им столько рассказываем. И всегда приводим в пример, как человека, добившегося таких выдающихся успехов в Москве. Хотя, если честно, вами гордится все село, — добавила она шепотом.

— А вот ты совсем не меняешься, — сказал Максуд и заметил, как изменились лица Васифа и Халиды, увидевших кого-то у него за спиной. Он не успел обернуться.

— Здравствуй, Максуд, — услышал он за спиной глухой голос. Это была мать Салима, вдова Кадыра Намазова — Мадина-ханум, тетя Максуда.

Он обернулся к ней, подсознательно отметив, как сильно она постарела. Или это горе выбило ее из привычного жизненного уклада. Максуд поцеловал руку тети, пробормотав привычные слова соболезнования. Их мать выглядела гораздо моложе, хотя была старше Мадины на пять лет. Но, очевидно, боль утраты Мадина-ханум ощущала достаточно сильно.

— Как вы добрались? — спросила тетя. — Говорят, что на вас напали?

— Все нормально, — ответил Максуд, — с нами ничего особенного не случилось. Только внук вашей сестры повредил себе немного руку, и сейчас он в госпитале. Живой и здоровый.

— А Салим? — спросила Мадина-ханум.

— С ним тоже все в порядке. Он сейчас внизу, но скоро поднимется к вам.

— Хорошо, что ты приехал, — произнесла тетя, — ты у нас старший. Нам тебя очень не хватало.

— Он должен был приехать, Мадина, — сказала мать, — мои сыновья очень любили своего дядю и всегда им гордились.

— Я знаю, — ответила тетя Мадина и пошла в комнату.

— Иди к отцу, — посоветовала мать, входя в комнату следом за ней.

— Идем, — предложил Васиф, — а то потом будет неудобно.

— У вас всегда такие понятия старомодные, — весело заметила Халида, — как будто нельзя побыть немного подольше рядом со своими мамами и женой. Гость только приехал, а ты его сразу тянешь в палатку к мужчинам. Может, он хочет отдохнуть, расслабиться.

— Потом будет отдыхать, — возразил Васиф, — ты знаешь, что их чуть не убили, когда они сюда ехали. Но они сумели отбиться и даже застрелить двух бандитов. А Магомед попал в больницу.

Халида изменилась в лице. Тревожно взглянула на мужа.

— И ты еще хочешь уйти в горы? — спросила она.

— Обязательно, — твердо ответил Васиф, — они убили моего дядю. И если я не пойду туда сейчас, то рано или поздно они придут за нашим сыном и за остальными родственниками.

— Не нужно об этом говорить, — попросила Халида, — мне становится страшно. Какое-то дурацкое предчувствие. Я тебя никуда не отпущу, — неожиданно добавила она. Но муж только улыбнулся.

— Идем в палатку, — напомнил он старшему брату.

Они спустились вниз, вышли из дома, подходя к палатке. Увидели Салима, который разговаривал с другими мужчинами.

— Твоя мать хочет тебя видеть, — сказал Васиф, пропуская вперед Максуда и входя следом за ним в палатку. В ней было много мужчин. Касум молча наблюдал за появившимися в палатке сыновьями. Максуд подошел к нему, обнял отца, который сумел приподняться при его появлении.

— Видишь, как получается, — сказал он старшему сыну, — кто мог подумать, что эта вековая вражда проявится вот таким образом.

Максуд согласно кивнул. Но ничего не ответил. Он почтительно поздоровался с остальными стариками. Затем прошел за стол и сел рядом с Васифом. Где-то рядом устроился и Мурад. Салима в палатке не было. Очевидно, он поднялся к матери, чтобы успокоить ее. Весть о нападении на их машину уже разнеслась по всему селу.

— Салим говорит, что ты ему очень помог, — негромко произнес Васиф, — я даже не думал, что ты умеешь стрелять.

— Я один раз случайно выстрелил, — ответил Максуд, — чтобы отвлечь внимание бандитов. А Салим показал себя как герой. Пристрелил обоих.

— Он у нас такой, — улыбнулся Васиф. — Как там твои жена и дочка поживают? Арина и Лариса?

— Ничего, неплохо. Арина замуж собирается. Уже жениха себе нашла, — сообщил Максуд.

— Поздравляю, — сказал Васиф, — значит, скоро будешь дедушкой. Это совсем неплохо.

А моему сыну только десять исполнилось. И девочкам пять.

У него был старший сын и двое девочек-близняшек. Супруга Васифа была младше него ровно на десять лет. Максуд помнил свадьбу младшего брата, на которую они приехали вместе с Ларисой. Тогда они еще понимали друг друга, и ей было даже интересно побывать на столь экзотическом мероприятии, как она сама выражалась.

— Сабир должен сегодня приехать, — сообщил Васиф, — но мы решили, что будет лучше, если он останется в Махачкале, в нашем доме, и не будет рисковать. Нугзар и его люди могли узнать о приезде Сабира и устроить ему встречу. А он будет один и без оружия. Поэтому его встретят наши друзья и отвезут в наш дом. А уже завтра мы съездим за ним. И потом начнем искать Нугзара. Конечно, жаль, что Магомеда не будет с нами. Говорят, что у него легкая рана, но его увезли в больницу, и теперь он не сможет нам помогать.

— Ты серьезно собираешься взять ружье и бегать по горам в поисках этих бандитов? — не поверил Максуд. — Тебе не кажется, что это мальчишество? Просто не очень серьезная и совсем не продуманная акция. Сабир вообще городской житель. Врач, который никогда и никого не убивал. И ты сам — ответственный сотрудник исполкома. Как ты можешь принимать участие в таком безответственном мероприятии? У тебя трое маленьких детей. Молодая жена. Это ведь не просто туристическая прогулка в горы. Вы идете искать и находить главарей банды, в которую входит человек двадцать, как мне сказал Салим.

— Без двоих, которых сегодня вы застрелили, — напомнил Васиф.

— Это не мы застрелили, а Салим, — возразил Максуд. Он поздоровался с двумя стариками, вошедшими в палатку, и тихо продолжал: — И вот вы вчетвером собираетесь сделать то, что не может сделать весь спецназ Дагестана и России, областное управление ФСБ и местный МВД? Ты можешь мне внятно объяснить — вы сумасшедшие или у вас есть какой-то конкретный план?

Они увидели, как из палатки выходит одетый в форму офицер полиции. Он поздоровался с Васифом, когда проходил мимо.

— Наш участковый Абдулкерим, — пояснил Васиф, — такое комичное существо из прошлого века. Не брезгует ничем, собирает деньги даже с продавцов воды и зелени. Давно пора его отсюда убрать, но все хорошие сотрудники находятся на оперативной работе, и поэтому нам приходится терпеть.

— Ты не ответил на мой вопрос, — напомнил Максуд.

— Мы не можем никому доверять, — пояснил Васиф, — ведь почти наверняка любое продвижение отрядов МВД или ФСБ будет известно банде Нугзара. Все давно схвачено, куплено и проплачено, о чем я тебе и говорил. А когда мы пойдем сами и будем самостоятельно решать, куда и зачем идти, — появляются большие шансы. На самом деле у нас неплохой отряд. Есть егерь, который прекрасно ориентируется не только в лесах, но и в горах. Есть бывший спецназовец. Есть врач, который всегда может оказать необходимую помощь. И такой человек, как я, который служил пограничником и еще не разучился стрелять. По-моему, оптимальный вариант. Если бы у нас было еще несколько человек, то вообще никаких проблем. Но Магомед попал в больницу, а у Талата такое зрение, что с ним нельзя даже выходить на оживленную улицу. Оставался только ты, как наш старший брат, но, насколько я понял, ты считаешь нашу затею авантюрой и не собираешься к нам присоединяться.

— Бессмысленная и непродуманная акция, — кивнул Максуд, — уже не говоря о том, что вас всех четверых могут убить. Просто устроят засаду и расстреляют всех четверых...

— Поэтому мы не берем чужих, чтобы никто не знал о наших планах и маршрутах, — напомнил Васиф, — и только поэтому мы рассчитываем на возможный успех. Ты должен понимать, что мы выступаем не против банды. Мы против Нугзара и его трех братьев. Когда мы их найдем и уничтожим, остальные нам будут просто неинтересны. Конечно, если они не вступятся за своих вожаков.

— То есть вы думаете, что двадцать человек будут смотреть, как вы убиваете их командиров, и ничего не сделают.

— Я так не думаю. Но мы не бойцы спецназа или специальный отряд, выполняющий задание правительства. Мы всего лишь кровники семьи Асланхановых и собираемся закончить эту войну, которая длится уже сто с лишним лет.

— А завтра у них вырастут дети и внуки, — напомнил Максуд, — и война снова возобновится. Это кровная вражда, которая никогда не закончится. Сейчас у нас появился шанс. Давайте оставим свою личную месть и доверим все сотрудникам полиции. Так будет гораздо надежнее и удобнее.

— В нашей стране нет смертной казни, — возразил Васиф, — а это значит, что сам Нугзар и его братья могут получить по пятнадцать-двадцать лет тюрьмы, выйти досрочно через десять и снова начать убивать. К этому времени моему сыну будет за двадцать, а остальные дети тоже вырастут. На этот раз они могут убить либо нашего отца, либо кого-то из мальчиков. А я не хочу оставлять эту войну моему сыну. Нужно закончить с ней — здесь и сейчас.

— Видимо, я действительно ничего не понимаю, — вздохнул Максуд. — Как ты можешь так спокойно рассуждать, словно речь идет об обычной охоте? Я очень беспокоюсь за вас всех.

— Когда мы учились в школе, ты меня всегда защищал, — напомнил Васиф, улыбаясь. — Видимо, приходит момент, когда нужно отдавать долги...

В палатку вошел молодой человек. Он поискал глазами кого-то и, не найдя, подошел к Мураду. Что-то ему негромко сказал. Тот поднялся и подошел к Васифу.

— Там приехали друзья дяди Кадыра из соседнего села, — пояснил он, — просят, чтобы к ним вышел сын погибшего судьи. Видимо, привезли мясо и хотят его лично вручить. А Салим поднялся к своей матери.

— Может, тебе самому к ним выйти, — предложил Максуд, — ты все-таки его зять.

— Нет, — возразил Васиф, — это будет неправильно. Они хотят видеть представителя дома Намазовых. И если нет Салима, то нужно выходить мне или тебе. А ты никого из них даже не знаешь. Я сейчас пойду к ним и приму это мясо. Чтобы не оскорблять людей.

— Правильно, — согласился Мурад, — так будет лучше.

Васиф поднялся и, обращаясь к старшему брату, с улыбкой произнес:

— Ты за меня не волнуйся. Я уже вырос.

Он пошел за молодым человеком к выходу. Мурад сел на его место рядом с Максудом.

— Салим говорит, что вы настоящий герой, очень ему помогли, — продолжал он.

— Салим говорит неправду, — устало возразил Максуд, — на самом деле все сделал сам Салим. А я только случайно выстрелил. Я уже об этом говорил.

— Вы очень скромный человек, — заметил Мурад. — Только учтите, что с ними нельзя церемониться. И оставлять свидетелей тоже нельзя. Я имею в виду двоих бандитов, которых пристрелил сегодня Салим. Так нужно поступать всегда.

И в этот момент где-то рядом с палаткой раздалось два глухих выстрела. И женский крик. И топот убегающих ног. Максуд и Мурад удивленно посмотрели друг на друга. Затем, поднявшись, бросились к выходу из палатки.

На улице уже толпились люди. Расталкивая людей, Мурад громко спрашивал, что случилось. Максуд шел за ним.

— Убили, — услышал он чей-то голос в толпе, — опять кровники убили одного из Намазовых.

— Кого убили? — хотел уточнить Максуд, протискиваясь следом за Мурадом.

Увиденная картина его потрясла. Недалеко от палатки лежал убитый Васиф. Убийца выстрелил в него дважды. Сначала в сердце, а когда он упал, сделал еще один контрольный выстрел. Хорошо, что не в голову. Это была единственная благородная черта убийцы. Он подождал пока Васиф выйдет из палатки, подошел к нему вплотную и дважды выстрелил. Васиф рухнул как подкошенный. Первая пуля пробила ему сердце, вторая застряла где-то над печенью. Все было кончено.

Успевший выбежать Салим сумел только увидеть, как умирает его двоюродный брат. Вокруг продолжали возмущаться. Это было неслыханное по своей дерзости и мстительности преступление — когда прямо во время поминовения убитого из палатки позвали его сына, чтобы пристрелить. Но по роковой случайности вышел племянник, которого и убили.

Максуд растерянно и изумленно смотрел на тело своего младшего брата, с которым минуту назад он еще разговаривал. Неожиданно толпа начала расступаться, пропуская к убитому его отца. Максуд поднялся, с ужасом наблюдая, как по образовавшемуся коридору подходит отец.

ГЛАВА 10

Отец подходил медленно, словно каждый шаг давался ему с трудом. Это было невероятно, невозможно, немыслимо, но он старел прямо на глазах с каждым сделанным шагом. К телу своего младшего сына он подошел уже немощным стариком. Посмотрел на убитого. Максуд поднялся, опустив голову. Ему было стыдно перед отцом и перед остальными мужчинами, словно он лично был виноват в том, что произошло. К ним пробился Салим, который понял все с первого взгляда. На сентиментальные рассуждения и горестные вздохи не было времени.

— Мурад, возьми людей и езжайте в сторону нижней дороги, — приказал он мужу своей сестры.

— Они не поедут по нижней дороге, — возразил какой-то молодой парень лет тридцати. Он был среднего роста, коротко острижен, со сросшимися бровями и словно кукольным лицом.

— Ты видел их машину? — спросил Салим.

— Видел. Они приехали на белой «Ниве», чтобы было удобно проехать по горам. Поэтому я уверен, что они постараются уехать в горы.

— Быстро в мою машину, Этибар, — приказал Салим, — постараемся их нагнать на верхней дороге.

— Не нужно, — крикнул кто-то из родственников, — на верхней дороге их невозможно будет догнать. Там можно легко спрятаться.

Но Салим и его молодой знакомый уже спешили к внедорожнику. Отец все еще стоял, глядя на тело своего сына. Максуд взял его за руку.

— Папа... — хотел он что-то сказать, но отец покачал головой, словно приказав ему ничего не говорить. Максуд замолчал. Отец стоял и смотрел на бездыханное тело Васифа, как будто собираясь его запомнить. Раздались сдавленные женские крики. Это плакала Халида, которая вышла из дома и узнала об убийстве своего мужа. Ее быстро увели в дом. Мать Васифа не выходила из дома. Она нашла в себе силы остаться дома, чтобы не увидеть своего сына даже в последний раз.

— Нужно все сделать сегодня, — наконец произнес отец.

— Что? — не поверил услышанному Максуд. — Как это сегодня? Нужно вызвать сотрудников прокуратуры, полиции... — он не договорил, увидев на лицах окружающих явное осуждение.

— Сегодня до захода солнца, — твердо повторил отец. — У нас есть еще два или три часа времени. Молла находится рядом. Нужно отвезти тело в мечеть, обмыть его и предать земле до захода солнца.

— Его убили, — очень тихо напомнил Максуд, — здесь должны работать следователи и прокуроры. Если мы сейчас поторопимся, то потом они заставят нас согласиться на эксгумацию тела. Ты не совсем понимаешь...

Отец взглянул на старшего сына. В глазах было столько боли, что Максуд даже вздрогнул.

— Его похоронят сегодня, рядом с моим братом, — строго произнес отец, — и никто не посмеет его оттуда достать. Иначе я сам встану с ружьем и никого не пущу. Ты поедешь с телом своего брата в мечеть или это нужно сделать мне?

— Я все сделаю, отец, — тихо ответил Максуд, — можешь не беспокоиться.

— И еще, — выдохнул отец, — ты знаешь наш обычай. Когда хоронят человека, то самый близкий его родственник должен открыть ему лицо. Я не смогу этого сделать. И его сын не сможет — ему только десять лет. Значит, это сделаешь ты, Максуд, как его старший брат.

— Конечно, — кивнул Максуд.

Тело подняли и понесли к машине, которую уже подогнали к палатке. Мечеть была в нескольких минутах езды, в центре села. Максуд поехал следом. Он с удивлением увидел, как все расплывается вокруг, словно в пелене. И только тогда осознал, что на глазах у него слезы. Жалко было отца. Жалко было мать. Жалко было Халиду, ставшую вдовой в тридцать три года и оставшуюся с тремя детьми. Жалко было детей Васифа, его мальчика, который теперь вырастет без отца. Максуд беззвучно плакал. Когда они приехали в мечеть, тело младшего брата вынесли из машины. К ним подошел местный врач. Это был старый Сеид, который работал в селе уже больше полувека и знал семью Намазовых достаточно давно.

— Разреши мне достать пули из тела, — попросил он, — я сделаю все быстро. Минут за двадцать. Постараюсь не очень беспокоить усопшего.

Мужчины смотрели на Максуда, ожидая его решения. Он понимал, что врач прав. Если сейчас не достать эти пули, то потом почти наверняка следователь заставит эксгумировать тело.

— Мы все оформим как полагается, — сообщил врач, — уже послали за главой исполнительной власти, который подпишет протокол. И нашим участковым.

— Хорошо, — кивнул Максуд, — делайте как считаете нужным.

Врач прошел в комнату для омовений. Максуд присел на скамью. Он никогда в жизни не курил, но сейчас ему захотелось закурить. Он посмотрел на куривших мужчин и с трудом сдержался, чтобы не попросить сигарету. Через пятнадцать минут вышел врач. У него в руках были две пули, которые он извлек из тела Васифа.

— Сейчас они обмывают тело, — сообщил врач, — нам нужно немного подождать.

Максуд поднялся.

— Спасибо вам, дядя Сеид, — выдохнул он.

— Не благодари. Я не думал, что буду извлекать пули из тела твоего младшего брата. Он ведь вырос у меня на руках, — вспомнил Сеид, — и я даже помогал твоему отцу, когда маленькому Васифу делали обрезание.

Обрезание в азербайджанских и дагестанских семьях традиционно делали лезгины. Они приходили с острыми ножами, одним привычным движением перерезали крайнюю плоть и сыпали какой-то порошок, похожий на высушенный сумах. Мальчики принимали легкую марганцовую ванну и через несколько дней высохшая корочка отпадала. Конечно, в Баку и в Махачкале уже давно практиковали профессиональные урологи, но приходившие на дом лезгины занимались этим уже тысячу лет в буквальном смысле слова и почти никогда не ошибались. Лезвия ножей закаляли на огне, порошок готовили дома, и практически никогда не было никаких заражений.

Максуд тяжело вздохнул. Он помнил день, когда младшему брату сделали обрезание. Васифу было тогда четыре года, и он сопротивлялся, не желая, чтобы его раздевали. В этом плане самому Максуду было легче. Собралось много людей, и кто-то из пришедших гостей неожиданно сдернул с него трусы и взмахнул ножом. Все закончилось в одно мгновение. Максуду было только пять лет, и он помнил этот день. Испуг и боль пришли потом.

— Идите, — позвали его из комнаты для омовений, — вы должны войти в дом и полить последнюю кружку воды на вашего брата.

Максуд вошел в комнату. Тело младшего брата лежало на столе уже обмытое и чистое. Виднелись места от ран. Васиф лежал спокойно, словно он заснул. Максуд подошел ближе. Ему дали кружку воды. Он посмотрел на тело брата. Вспомнил его супругу, вспомнил лицо своего отца. И полил воду на тело младшего брата. Затем повернулся и, тяжело ступая, вышел из комнаты.

Через полчаса им выдали тело Васифа, и похоронная процессия поехала домой, чтобы дать возможность родственникам попрощаться с убитым. До захода оставалось около часа, и молла торопил всех, чтобы успеть провести процедуру похорон. Тело Васифа привезли в дом его дяди и подняли на второй этаж, чтобы женщины могли попрощаться. Оттуда сразу донесся громкий плач. Максуд стоял рядом с отцом, ожидая, когда все закончится и они смогут унести тело на кладбище.

В это время Салим и уехавший с ним Этибар, выжимая из машины все, что можно, гнали по верхней дороге. Наверняка бандиты успели бы уехать, если бы не патрульная машина с тремя сотрудниками полиции, которая появилась на верхней дороге. Один из полицейских остался сидеть в машине, а двое других вышли из салона автомобиля, сжимая в руках автоматы. Все было привычно расписано. Один поднял руку, подходя ближе к тормозившей «Ниве», а второй остался в нескольких метрах от машины, готовый стрелять в любой момент. Бандиты не хотели других столкновений. Их задачей было убийство Салима, за которым они и приехали. Но, не зная в лицо Салима, они убили его двоюродного брата, когда он вышел к ним. Увидев сотрудников полиции, они решили затормозить, так как документы у них были в порядке, автомат был спрятан под сиденьем, и пистолеты находились под пиджаками. Поэтому они затормозили, и водитель вылез из автомобиля, чтобы показать свой паспорт и документы на автомобиль. Он был спокоен, у него все было в порядке. Даже доверенность на вождение автомобиля. Они не могли предполагать, что оставшийся в живых Салим сразу бросится за ними в погоню.

Водитель подошел к офицеру полиции и протянул ему документы. После разговора, продолжавшегося несколько минут, выяснилось, что офицер и водитель земляки из Дербента. Офицер вернул документы водителю и разрешил им следовать дальше. Без досмотра машины. Водитель забрал документы и спокойно пошел к «Ниве». Офицер сделал знак своим коллегам и повернулся к своему автомобилю. И в это мгновение на дороге показался внедорожник, спешивший остановить бандитов. Уже по их скорости было понятно, что они спешат. Водитель, несколько ошеломленный появлением внедорожника, испуганно замер, когда его пассажир крикнул ему:

— Садись в машину быстрее, идиот.

Водитель бросился к рулю, когда офицер полиции обернулся, увидев испуг пассажира в «Ниве». И заметил несущийся на предельной скорости внедорожник «Хендай». Офицер сразу все понял.

— Стой, — крикнул он, — стойте.

«Нива» рванула с места. Другой сотрудник полиции, стоявший на дороге, успел отскочить в последний момент. «Нива» промчалась мимо него, набирая скорость.

— Если уйдут в горы, мы их не догоним, — сказал сквозь зубы Салим, — у нас скорость больше, но они там знают все тропинки, сумеют сманеврировать, а мы их не заметим.

И здесь пассажир «Нивы», у которого не выдержали нервы, допустил роковую ошибку. Он высунул руку и начал стрелять в догонявший их «Хендай». Салим затормозил, пытаясь увернуться от пуль. Раздался противный скрежет тормозов. Но эту попытку заметили и сотрудники полиции. У них был конкретный приказ открывать огонь на поражение в случае вооруженного сопротивления. Майор, возглавлявший этот патруль, приказал сержанту, стоявшему рядом с ним, открыть огонь на поражение. И сержант дал длинную очередь. Машина сначала остановилась, затем покатилась куда-то под уклон и остановилась. Дверца открылась и из «Нивы» выпал ее пассажир, который был еще жив. «Хендай» по инерции проехал еще метров пятьсот и остановился рядом с «Нивой». Выскочивший Салим подбежал к лежавшему пассажиру. Тот был еще жив.

— Здравствуй, Галиб, — сказал Салим, наклоняясь к умирающему, — ты перепутал. Вместо меня убил другого человека. Ты просто перепутал.

Умирающий улыбнулся, изо рта пошла кровь.

— Нет, — прохрипел он, — не спутал... Какая разница, какой Намазов... вас всех... всю семью вырежем.

Он попытался достать пистолет, даже начал двигать правой рукой, но Салим наступил ему на руку. Тяжелораненый застонал.

— Всех вырежем, — убежденно произнес он.

— Это мы найдем и вырежем всех вас, — сказал Салим, наклоняясь к умирающему. И затем сильно ударил его по лицу ногой. Когда подбежали сотрудники полиции, бандит был уже мертв.

— Зачем ты его ударил? — спросил майор. — Я все видел. Кто тебе дал право бить умирающего? Поедешь с нами и все объяснишь.

— Это родственник Нугзара, — сказал Салим, — полчаса назад он со своим другом застрелил сына моего дяди прямо у траурной палатки, где мы отмечали поминки моего отца.

— Прямо у палатки? — не поверил майор. — Что ты такое говоришь? У нас никогда не было таких случаев. Обычно после похорон сорок дней не трогают родственников погибшего. Есть такая традиция. Значит, они совсем звери.

— Они не уважают наши традиции, — с горечью пояснил Салим, — я говорю, что моего двоюродного брата убили у палатки, где шли поминки по моему отцу.

— Извини, — сказал майор, — значит, это совсем не люди. Как они могли такое сотворить, я даже не понимаю. У них не осталось ни совести, ни чести.

— Не осталось, — согласился Салим. Он обошел машину, посмотрел на водителя. Этого типа он раньше не видел. Салим подошел к убитому. Посмотрел на майора.

— Вот мои документы, — сказал он, протягивая свое служебное удостоверение офицеру, — я работаю в Махачкале старшим судебным приставом. И этот человек наш кровник. Семь дней назад они убили моего отца, а полчаса назад застрелили моего двоюродного брата. Я прошу вас разрешить мне посмотреть его телефон. Только посмотреть. Я не заберу его, ничего с ним не сделаю. Мне нужно знать номера телефонов тех, с кем он разговаривал и кому звонил.

Майор колебался. Сержант, стоявший рядом, отвернулся.

— Мне нужно это знать, — снова попросил Салим, — я только посмотрю и положу телефон обратно.

— Что ты молчишь, майор? — не выдержал стоявший рядом Этибар. — Его отец был судьей. И его убили бандиты. А двоюродный брат работал заместителем председателя исполкома. Если ты можешь помочь ему узнать что-то про этих подонков, почему ты не помогаешь?

— Помолчи, — нахмурился майор, — это только в кино бывает. Одна сторона хорошая, а другая плохая. Может, это вы начали вражду, а они только защищаются. Откуда я знаю. Водитель был мой земляк из Дербента. А вы теперь убиваете друг друга.

— Если даже ты не разрешишь, я все равно достану его телефон, — сказал Салим, глядя офицеру в глаза. — Можешь в меня стрелять. Или приказать своему сержанту разрядить в меня второй рожок, они убили моего отца. Это ты понимаешь?

Майор, не выдержав взгляда, отвернулся. Он ничего не сказал, но это был своеобразный сигнал. Салим наклонился, достал телефон из кармана убитого, посмотрел номера телефонов, куда он звонил. И номера телефонов, с которых звонили убитому. Через минуту он наклонился и, вытерев телефон своим носовым платком, вложил его в карман убитого. Поднялся.

— Спасибо, майор, — пробормотал Салим, — я этого никогда не забуду.

— Уезжай, — отмахнулся майор, — да будет Аллах милостив к твоему отцу.

— И ко всем вашим родственникам, — ответил Салим, направляясь к своей машине.

Они с Этибаром вернулись немного раньше приехавшего Максуда, который привез тело Васифа. После прощания женщин с убитым его повезли на кладбище. По традиции хоронили, завернув в белый саван... Васифа положили на левый бок и развернули над ним большое одеяло, чтобы родственник погибшего мог с ним проститься. Отец взглянул на Максуда.

«Господи, — подумал Максуд, — если кто-нибудь из наших ученых узнает, чем именно я занимаюсь... Они бы решили, что я просто сошел с ума. А с другой стороны, это традиции нашего народа, и я не имею права отказываться. Хотя бы ради наших родителей, ради памяти Васифа».

Он снял обувь и полез вниз, в могилу. Ему помогли туда спуститься. Над ним развернули одеяло. Максуд, чувствуя как дрожит рука, начал открывать лицо. Белая ткань легко поддавалась. Наконец он увидел лицо своего младшего брата. Он словно спал. У Максуда сжалось сердце от волнения.

— Васиф, — неожиданно даже для самого себя произнес Максуд, — прости, что так все получилось. Не беспокойся за своих детей, я их не брошу. И еще я тебе обещаю, что найду всех твоих убийц. Обещаю тебе.

Он взял горстку песка и посыпал на правую щеку брата, исполнив ритуал до конца. Затем закрыл лицо Васифа и взглянул наверх. Такое ощущение, что это могила метров пять или шесть в высоту, хотя он понимал, что она стандартных размеров. Он вдруг испугался, что не сможет сам вылезти отсюда.

— Помогите мне, — крикнул он наверх.

Одеяло убрали. Ему помогли вылезти. Он надел обувь, подошел к отцу. Тот стоял рядом с Салимом и Мурадом. Молла начал читать молитву. Отец ничего не сказал Максуду. Каждый из них бросил горсть земли. Рабочие на кладбище работали довольно бойко. Они положили большие каменные блоки, заливая все цементом. Сверху вырос могильный холм. Молла закончил читать молитву и мужчины медленно начали покидать кладбище. Максуд подошел к Салиму, тронул его за рукав.

— Я пойду с вами, — твердо произнес он, — мы вместе пойдем искать банду Нугзара.

ГЛАВА 11

В этот вечер Салим ничего ему не сказал. Утром Мурад вместе с двумя друзьями уехал в Махачкалу навестить Магомеда и привезти Сабира, который приехал дневным рейсом и ночевал в доме Намазовых. К полудню они приехали. Уже многие родственники знали, что завтра будут отмечать три дня убитого Васифа. В этот день, ближе к шести часам вечера, Салим предложил собраться в его комнате. Их было четверо. Сам Салим, муж его сестры Мурад, двоюродный брат Максуд и муж его сестры Сабир. За столом не было посторонних. Только они четверо. Отец Максуда чувствовал себя плохо и находился в другой комнате со своей женой, к которой уже вызывали врачей.

— Что будем делать? — задал вопрос Салим.

— Придется ждать, когда выздоровеет Магомед, — недовольно сказал Мурад, — а ждать нельзя. После смерти своего родственника Нугзар озвереет и снова захочет напасть. Тем более что тело Галиба увезли в морг и не выдадут родственникам погибшего. Но и у нас появились проблемы. Сейчас, когда убили Васифа и ранили Магомеда, нам нельзя выходить на поиски банды втроем. Иначе нас просто перебьют. Для такого дела нужно как минимум пять-шесть человек. Иначе не будет никаких шансов.

— Может, вы расскажете мне свой план, — попросил Максуд.

— Найти и убить Нугзара и его людей, — вместо Салима ответил Мурад.

— Легко сказать — найти, — пробормотал Максуд, — и как вы собираетесь это сделать?

— Искать, — снова ответил вместо Салима Мурад.

— Это я понимаю. А можно узнать ваш план конкретнее, — спросил Максуд, — или он засекречен настолько, что о нем я тоже не могу знать?

— Можешь, — сказал Салим, — дело в том, что вчера сотрудники полиции застрелили убийцу Васифа и его напарника.

— Это я уже знаю, — кивнул Максуд, — мне уже об этом рассказали.

— Он пытался уйти от нашей погони и стрелял в нас, — пояснил Салим, — а на верхней дороге в это время была машина с сотрудниками полиции. Они случайно оказались там и задержали машину с убийцей. Иначе мы бы их никогда не догнали. Полицейские закончили проверять документы, когда мы появились. И у Галиба сдали нервы. Мы не должны были его догнать, но увидев нас, он начал стрелять. И сотрудники полиции открыли ответный огонь на поражение, пристрелив обоих негодяев.

— И ты это видел собственными глазами? — мрачно осведомился Максуд. — Не слишком ли много убийств за один день?

— Конечно, видел. И даже нанес последний удар мерзавцу, который убил твоего брата, когда он умирал. Ударил его ботинком по лицу. Пока еще он был живым. Не могу утверждать, но, возможно, мой удар оказался последней точкой.

Максуд посмотрел на сидевших за столом людей. У Мурада было торжествующее выражение лица. Сабир молчал. Он вообще был неразговорчивым человеком, предпочитающим больше слушать, чем говорить.

— Ты ударил тяжелораненого человека? — спросил Максуд дрожащим голосом.

— Я ударил тяжелораненого бандита, который убил твоего брата, — ответил Салим, — и если мне пришлось бы ударить его второй раз, я бы снова сделал то же самое.

Наступило тягостное молчание.

— Извини, — негромко произнес Салим, — я думал ты понимаешь, что мы все чувствуем. Завтра будет три дня. А потом ты сможешь улететь обратно в Москву. Как раз успеешь к понедельнику.

— Я никуда не уеду, — он постарался произнести эти слова как можно более твердым голосом.

И увидел три удивленных лица.

— Только не говори, что ты собираешься идти с нами в горы, — сказал без тени улыбки Салим.

— Пойду, — сказал Максуд, — но сначала я хотел бы знать, что именно вы задумали?

— Мы знаем примерное место, где базируется его отряд, — пояснил Салим, — и собирались выйти туда вместе с Васифом и Магомедом, чтобы захватить кого-нибудь из его боевиков. Успех операции зависел от нас самих. Чтобы никто заранее не узнал о нашем плане. Поэтому мы собрали только родственников. Потом мы собирались уточнить, кто именно помогает им в нашем селе или в Чиркее. Кто выдает им пропуска и помогает уходить от преследования сотрудников полиции и ФСБ. Самое важное — узнать, кто и как помогает банде Нугзара. А уже потом передать эти сведения в областное управление ФСБ.

— Ты говорил, что собираешься их убить, — вспомнил Максуд, — и Васиф тоже говорил об убийстве.

— Я судебный пристав, — напомнил Салим, — значит, имею некоторый доступ к заключенным. И друзей среди других приставов. После того как их схватят сотрудники ФСБ, они привезут их в городскую тюрьму, где у меня много знакомых. Если, конечно, возьмут живыми. И тогда у меня будет возможность с ними встретиться.

Он выразительно посмотрел на своего родственника.

— Теперь я все понял, — всплеснул руками Максуд, — ты просто параноик. Я думал, все будет иначе... А ты собираешься захватить кого-то из них, узнать информацию и сдать всю банду сотрудникам ФСБ. А потом использовать свои связи, чтобы прибить их где-то в тюрьме. Не очень романтично и очень некрасиво.

— Тебя не устраивает наш план? — спросил Салим. — Ты считаешь, что мы можем играть в благородных разбойников? Но это не кино, а реальная жизнь. К этим сволочам было очень сложно подобраться. Но сейчас, после убийства Васифа, мы наконец получили нужную информацию.

— В каком смысле?

— Там был один из родственников Нугзара, — пояснил Салим, — именно он стрелял в твоего брата. Офицер полиции разрешил мне просмотреть записи на его телефоне. Теперь у меня есть некоторые номера, которые сейчас проверяют в Махачкале. Телефон — страшное оружие. По этому аппарату всегда можно узнать, с кем и когда общался абонент.

— Значит, вы не собираетесь никуда идти? — уточнил Максуд. — И вся эта подготовка вашей экспедиции просто блеф?

— Нет, не блеф. Все должны знать, что мы собираем отряд, чтобы отправиться на поиски Нугзара и его людей. И чем больше мы будем готовиться, тем быстрее об этом узнает Нугзар.

— Я ничего не понимаю, — признался Максуд, — вы все время говорите какими-то загадками.

— У них повсюду свои информаторы, — вмешался Мурад, — извините, Максуд-муэллим, но мы должны их обмануть. Перестрелять их невозможно, в банде больше двадцати человек. Значит, нам остается только одно — обмануть их.

— Тогда внятно объясните, как именно вы собираетесь их обманывать?

— Мы тебе уже объяснили в общих чертах, — сказал Салим, — весь план в том, чтобы выйти на людей Нугзара в нашем селе или в районном центре. А может, даже в Махачкале. Сейчас у нас есть несколько номеров телефонов. И мы ищем всех, кому звонил убийца твоего брата, перед тем как появиться в нашем селе. И всех, кто звонил ему.

— И когда найдете?

— Завтра утром у нас будет вся информация. Но нам все равно нужны еще несколько человек в помощь. Хотя бы двое или трое.

— Я вам не подхожу? — разозлился Максуд. — Или вы считаете, что мне нельзя доверять, только потому, что я не умею стрелять. Но Сабир тоже не умеет стрелять...

— Я умею, — подал голос Сабир, — проходил военные сборы. Как и все врачи. Чтобы получить офицерское звание. Еще двадцать пять лет назад.

— Значит, вы не пойдете в горы, — понял Максуд, — а в городе я вполне могу вам помочь. Я должен заменить Васифа. Это мой долг. Или вы так не считаете?

— Считаем, — согласился Салим, — только кто будет пятым? Вместо Магомеда. Кто пойдет с нами?

— Возьмем Этибара, — предложил Мурад, — он работал с твоим отцом. Был его помощником. Ему только тридцать четыре. И стреляет он неплохо. Я думаю, что он подойдет.

— Это тот парень, с которым вы догнали убийц Васифа? — уточнил Максуд.

— Да, тот самый парень, — кивнул Салим, — похоже, Мурад прав. Он подойдет. Я думаю, что впятером мы вполне справимся.

— Тогда договорились, — Мурад посмотрел на часы, — завтра будет три дня. Нельзя, чтобы они снова повторили свое нападение.

— Не повторят, — угрюмо ответил Салим, — завтра на обоих дорогах будут дежурить сотрудники полиции. И еще мы сами должны подготовиться. Если вдруг их пропустят в село.

— Все это уже было, — вздохнул Максуд, — так примитивно и глупо. Они будут думать, что мы заняты нашей трагедией, и постараются напасть. А мы устроим засаду в селе и перебьем всю банду. Такое уже было в кино. Может, не нужно заниматься самодеятельностью?

— Второй раз они не нападут, — уверенно сказал Салим, — понимают, что мы будем готовы. Но вчера погиб их родственник. И теперь они будут искать любую возможность, чтобы отомстить.

— Вчера погиб мой брат, — закричал Максуд, — а мы сидим и придумываем идиотские планы, которые выглядят еще более идиотскими, когда пытаешься их понять. Нужно передать все номера телефонов в ФСБ, пусть они ищут этих бандитов. А самим постараться защитить наших детей и наши семьи. Или вы этого не понимаете?

— Это не просто бандиты, Максуд, — неожиданно произнес Салим, — это наши кровники. Они не успокоятся, пока не перебьют всех мужчин из нашей семьи. Из нашего поколения мы остались вдвоем. И твой отец. Но у нас куча детей. Сыновья моих сестер и твой племянник. Уже через несколько лет их могут убить. Или мы будем сидеть и ждать, когда их убьют? Мы все равно не сможем охранять их всю оставшуюся жизнь. Или нам лучше отсюда уехать?

— Говори, что я должен делать? — предложил вместо ответа Максуд. — Я готов вам помогать. Даже если понадобится лезть в горы и становиться альпинистом.

Все заулыбались.

— Нет, — ответил Салим, — альпинистом становиться в твои годы не нужно. Нам достаточно и того, что ты приехал и хочешь быть вместе с нами.

— Не нужно демагогии, — поморщился Максуд, — я понимаю, что буду балластом, но все равно хочу вам помогать. — Он поднялся и, тяжело ступая, вышел из комнаты.

— Ему тяжело, — сказал Салим, — он так любил своего младшего брата.

— Мы все его любили, — мрачно согласился Сабир, — я еще не звонил жене в Волгоград. Не представляю, как она будет переживать это известие.

— Никто не думал, что они посмеют убить кого-то из наших родственников рядом с палаткой, — сказал Салим. — Так никогда не делали. Никто не делал. Они переступили через наши законы, через наши традиции. Сами поставили себя вне закона. Но тебе все равно нужно позвонить и сообщить ей о случившемся.

— Я сам все понимаю. Она захочет приехать. А как я смогу ее уговорить остаться в Волгограде?

— Объясни, что сейчас нельзя приезжать, — предложил Салим.

— Ты ее знаешь. Она не останется в городе, когда узнает о смерти Васифа. Захочет прилететь к родителям, чтобы их поддержать.

— Это ее право, — тихо сказал Салим, — Васиф был ее братом. Пусть прилетает. Будет лучше, если ты честно ей все расскажешь.

— Попытаюсь, — Сабир медленно вышел из комнаты.

Салим остался с Мурадом вдвоем.

— Больше я никому не могу доверять, — сказал он, — даже своим родственникам. Если Нугзар организовал убийство Васифа на седьмой день смерти моего отца, значит, ему помогали.

— Мы не ждали такой подлости с их стороны, — согласился Мурад, — но они ответят за свой чудовищный поступок.

— Его убили вместо меня, — напомнил Салим, — значит, это не просто кровники. Они мои личные враги. И я не успокоюсь, пока не убью каждого из них. И за моего отца. Мурад, нужно собрать всех соседей и объяснить, что завтра могут быть неприятности во время посещения кладбища. Там мы не сможем защитить всех гостей. Поэтому позвони в наше отделение полиции, пусть приедут на кладбище. Скажи, что мы получили конкретные угрозы. Вчера погибло четверо боевиков Нугзара, среди которых был и его родственник. Они тоже не смогут спокойно сидеть. Но я уверен, что завтра они не нападут. Могут быть потери среди гостей и других семей. А значит, Асланхановы получат еще несколько семей кровников. А это никак не входит в их планы. На кладбище будет столько людей, что попасть в нас, не задев никого из чужих, практически невозможно. А ссориться со всеми семьями Нугзар не захочет. Он тоже не сумасшедший. Значит, завтрашний день у нас есть. Проведем поминки по Васифу и прямо ночью начнем действовать. Только нужно сделать все, как мы планировали.

— Максуд-муэллим обидится, — заметил Мурад, — нужно рассказать ему все подробности. И Сабир может обидеться.

— Нет, — твердо сказал Салим, — сделаем все, как мы решили. Если окажется, что наш план сорвется, то виноваты будем мы двое. Ты и я. И больше никто. Значит, один из нас двоих — либо болван, либо подлец. Надеюсь, что мы не будем болванами. И подлецами тоже не будем.

— Не нужно так говорить, — нахмурился Мурад, — это я предложил наш план. Ты не можешь его предать. Они убили твоего отца и двоюродного брата. И я не могу предать. Это был дед моих детей и двоюродный брат моей жены. Из-за Нугзара мне пришлось перевезти всю семью в Баку. И они останутся там, пока мы все не решим.

Максуд вышел на улицу. Было тепло. Он вздохнул. Здесь был удивительно чистый воздух. Как давно он не приезжал в родное село. Успевал только побывать в Махачкале. И сразу торопился обратно в Москву. Загазованную, нервную, живущую в своем стремительном ритме, со своими многочасовыми пробками, которые так не вписывались в этот ритм, со своими условностями и нравами. Иногда весьма вольными и далекими от тех правил, к которым он привык в Дагестане.

Он не признавался самому себе, но уже давно не скучал ни по родному селу, в которое когда-то приехал его прадед. Ни по родному городу, в котором окончил школу и откуда уехал в московский вуз. Всю свою сознательную жизнь он провел в Москве. Здесь он женился, здесь у него родилась дочь. В этом городе он добился больших научных результатов, стал кандидатом наук, доктором, профессором. Если бы не характер Ларисы, все было бы хорошо, вспомнил Максуд. С женой ему явно не повезло. А тогда ему многие завидовали. Считали, что теперь он почти наверняка сделает быструю карьеру. Рассказывали, как он получил в приданое от жены трехкомнатную квартиру в центре города и такого

известного тестя. Лучше бы он жил в однокомнатной квартире, но с нормальной женой,
которая бы не унижала его, которая не пилила
бы при каждом удобном случае. Но кто мог
подумать, что начнутся такие невероятные потрясения. Кто мог подумать, что распадется
Советский Союз, начнутся трудные времена...
В девяностые годы Максуд чувствовал себя
почти иждивенцем. И поэтому мирился с веч-
ными упреками своей супруги. Может, поэтому и разрешил тестю с тещей в качестве свое-
образной компенсации забрать Арину и вос-
питать в своей семье. Теперь она была не
совсем его дочерью. Она была воспитанницей
профессора Зайцева — очень практичной, мер-
кантильной, рассудительной, лишенной обычной девичьей привязанности к отцу.

Это была плата за его научные успехи.
И вот теперь эта трагедия с Васифом. Он
вспомнил, как они вчера обнимались с младшим братом, как разговаривали.

«Нужно было выйти мне, — подумал с горечью Максуд, — моя смерть никого бы не
огорчила. Лариса даже обрадовалась бы, что я
не буду им мешать. Арина бы меня быстро за-
была и не стала бы даже приезжать ко мне на
могилу. А у Васифа остались трое детей и молодая жена, которая его так любила. Это не-
справедливо». Он сжал кулаки. Сердце боле-

ло. Хотя воздух здесь был замечательный, он почувствовал, что задыхается. Подошел к дереву, уперся в него рукой.

— Это дерево посадил дядя Кадыр, — услышал он за спиной печальный женский голос. Резко обернулся. Это была Халида. Она тоже вышла из дома, очевидно устав от родственников, каждый из которых выражал ей соболезнования. На голове был черный платок. Вчера она тоже была в черном платье, но у нее не было таких потухших глаз и этого платка.

— Я знаю, — ответил Максуд. И немного помолчав, спросил: — Ты уже сообщила детям о том, что здесь произошло?

— Нет. Пока не могу, — выдохнула Халида. — Сын звонил сегодня утром, спрашивал про отца. Они остались у моих родителей. Не знаю, что ему сказать. Фазиль ведь уже взрослый, ему десять лет. Все понимает. Девочкам легче. Им только недавно исполнилось пять. Может, даже забудут отца со временем. А мальчику будет тяжело.

— Не нужно так говорить, — попросил Максуд, — никто не забудет Васифа. Мы его не забудем. Ты ведь знаешь, Халида, что у меня нет сына. И твой сын — единственный Намазов, оставшийся в семье. У нас на двух братьев был только один мальчик. Ваш Фазиль. Поэтому твой сын — это мой сын. Пусть немного подрастет, и я устрою его в лучший московский вуз. Будет жить вместе со мной, если ты разрешишь.

— Не знаю, — ответила Халида. — Я вообще не знаю, как мне дальше жить, — голос у нее дрогнул. Но она не заплакала. Плакать в присутствии мужчины было нельзя. Даже в присутствии самого близкого родственника. Это было проявлением личных чувств, которые женщина не имела права показывать.

Максуд понимал ее состояние. И осознавал, что ничем не может ее утешить. Горе было неожиданным, внезапным и оттого еще более страшным. Они услышали чьи-то шаги и обернулись. Это вышел из дома отец. Халида, пробормотав извинения, повернулась и поспешила в дом. Отец подошел к Максуду. Взглянул на него. Потом молча прошел дальше и сел на скамейку. Посмотрел еще раз на Максуда, словно приглашая его сесть рядом. Максуд понял его взгляд. Уселся рядом. Они долго молчали. Минут пятнадцать или двадцать. Наконец отец сказал:

— Завтра будет три дня. Приедут люди из Махачкалы. Ты сможешь быть рядом со мной?

— Конечно. Я буду сидеть рядом, — кивнул Максуд, — обязательно буду рядом.

— Будь осторожен, — вздохнул отец, — это проклятая вражда длится уже столько лет!

А сейчас еще у нас идет война. И мой брат был судьей, а твой брат заместителем председателя исполкома. Я думаю, что убийцам еще и платили за их преступления.

— Не волнуйся, — сказал Максуд, глядя перед собой, — мы найдем и уничтожим всех наших кровников, чтобы раз и навсегда покончить с этой враждой.

— Так не получится, — возразил отец. — Потом у них вырастут дети, и к тому времени вырастут и наши внуки. Все начнется по-новому. В пятидесятые годы все думали, что больше кровников не будет никогда. Здесь появилась настоящая власть, которая строго наказывала за такие преступления. А в девяносто первом власти не стало. И все началось опять. И не только с нашей семьей. Все стали вспоминать свои ссоры и обиды. Ингуши начали враждовать с осетинами, лезгины с чеченцами, абхазы с грузинами, армяне с азербайджанцами. Как будто все сошли с ума. А все потому, что у нас не было никакой власти. И сейчас нет. Если бандиты могут приходить в село и убивать представителя власти.

Максуд молчал. Он понимал, что отец прав. После разговора с Салимом осталось чувство недосказанности. Он так до конца и не понял, что именно собираются делать его родственники. Если раньше он считал, что они просто выйдут в горы искать банду, то теперь понимал наивность подобных рассуждений. Очевидно, у Салима с самого начала был иной план, в который он не собирался посвящать никого. На скамейке около дерева, которое посадил Кадыр Намазов, они с отцом просидели еще часа два. Отец задавал вопросы, Максуд отвечал. Они уже давно так не сидели вдвоем, и Максуд почувствовал легкое угрызение совести. Он обязан был приезжать сюда чаще и беседовать с отцом. Это было нужно не только его отцу, это было еще нужнее ему самому.

ГЛАВА 12

У‌тром следующего дня Максуд проснулся раньше обычного. Сегодня во сне он увидел Васифа, который улыбался и рассказывал им что-то смешное. Рядом сидели Халида, Сабир, другие родственники. Была даже Лариса, сидевшая где-то в углу и почему-то не смеявшаяся. Максуд еще подумал, что нужно подойти к ней и посоветовать хотя бы улыбаться, чтобы не выделяться среди всех остальных родственников. Но не мог сдвинуться с места. А Васиф продолжал рассказывать свою смешную историю, и все остальные продолжали смеяться.

Проснувшись, он услышал легкое посапывание Салима, с которым спал в одной комнате. Рядом раздавался храп Мурада. Сабир спал, уткнувшись в подушку, после вчерашнего тяжелого разговора со своей супругой. Она не захотела слушать никаких возражений и ультимативно заявила, что обязательно прилетит. После этого она перезвонила матери и почти сорок минут плакала вместе с ней. А утром должна была прилететь в Махачкалу из Волгограда. Сабир, Мурад и еще двое мужчин должны были поехать за ней в аэропорт к одиннадцати часам утра. Понимая насколько это опасно, Салим предложил им доехать до Буйнакска и оттуда отправиться по железной дороге. Несмотря на все вылазки бандитов, они не решались нападать на пассажирские поезда, которые охранялись сотрудниками полиции. Бандиты могли лишь время от времени пытаться взрывать железнодорожное полотно, пытаясь провести локальные террористические акты. Однако и здесь все было не очень просто, так как на подобные вылазки осмеливались только пришельцы. Местные жители, ушедшие в горы, понимали, чем опасны подобные взрывы и нападения на пассажирские поезда, когда среди пассажиров могли оказаться и их близкие родственники или друзья. Поэтому такие террористические акты случались не столь часто, как можно было предполагать, учитывая количество людей, уходящих в горы или в леса.

В банде Нугзара почти не было иностранцев, и это означало, что они не захотят нападать на пассажирский поезд или взрывать его на пути следования. Именно поэтому Сабир и Мурад поехали в Буйнакск в сопровождении двух стариков, которые должны были встретить и привезти супругу Сабира в село.

Ближе к полудню в дом Намазовых приехал начальник местного отделения полиции Чиркея подполковник Ибрагим Юсупджанов. Его семья была из суннитов, переехала сюда из Средней Азии еще в тридцатые годы прошлого века, когда дед Ибрагима получил сюда назначение руководителем местной радиостанции. С тех пор семья Юсупджановых проживала не в Чиркее, а в селе Кафыркент. Никаких конфликтов с другими семьями шиитов, живущими в селе, у Юсупджановых не было, но они все-таки жили несколько обособленно, хотя в советские времена подобное деление было смешным и нелепым. И, по большому счету, никто не придавал ему никакого значения.

У начальника местного отделения полиции было только восемь сотрудников полиции в самом Чиркее и только два участковых в селе. Звание подполковника он получил за выслугу лет особым приказом министра, так как должность местного руководителя не позволяла присваивать звание выше майора. Но Ибрагим Юсупджанов служил в милиции-полиции больше тридцати лет и в будущем году собирался уходить на пенсию. Ему должно было исполниться уже пятьдесят пять лет. Это был полный, грузный, широкоплечий мужчина с крупными чертами лица и темными волосами. Недоброжелатели уверяли, что Юсупджанов подкрашивает свои волосы, чтобы выглядеть более молодым. Он был по-своему справедливым человеком, каким бывает человек, облеченный многолетней властью, уже осознавший, что в мире нет совершенства. И он был по-своему самодуром, каким бывает человек, облеченный многолетней властью, уже развращенный этой привилегией. Все знали, что деньги он получает с некоторых торговых точек, иногда позволяет себе защищать провинившихся за определенную плату от родственников виноватых, но на крупные сделки с бандитами и со своей совестью он никогда не шел.

Подполковник Юсупджанов не брезговал подарками, наличными деньгами, различными услугами, но, в общем, выполнял свои обязанности достаточно умело и не вызывал особых нареканий ни у жителей Чиркея, ни у жителей села Кафыркент.

Его принимал отец Максуда, как старший в доме. Рядом с ним за столом сидели Максуд и

Салим. Начальник полиции начал с традиционных соболезнований по поводу смерти Кадыра и Васифа Намазовых. Затем все расселись за столом и Юсупджанов, сняв свою фуражку, положил ее на стол.

— Позавчера погибло много людей, — сказал он, когда принесли традиционный чай, поставив его на стол вместе с колотым сахаром, нарезанными дольками лимона и халвой.

— Да, — согласился Касум, — много. И мой сын тоже погиб.

— Мы об этом знаем, — печально сказал подполковник, — вчера приезжал следователь из Махачкалы. Но он сказал, что опоздал, так как вы похоронили своего сына еще позавчера, в день убийства.

— До захода солнца, как и полагается мусульманам, — напомнил Касум. — Или ты считаешь, что мы должны были в такую теплую погоду оставить тело в доме?

— Нет, конечно. Но следователю нужны были пули, которые попали в тело вашего сына. И подробности его убийства.

— Пули извлек наш врач Сеид, — сообщил Касум, — сделал это в присутствии нашего председателя сельсовета и участкового. Они подписали протокол, ваш следователь может все проверить. Их отвезли в областное управление ФСБ, можете их там забрать.

— Мне уже доложил об этом участковый, — подполковник попробовал горячий чай. Положил в стакан дольку лимона. — Но у следователя будут и другие вопросы, — осторожно добавил он. — Получается так, что все четыре убийства связаны с вашим сыном Салимом. Первых двоих он лично застрелил, а вторых убили у него на глазах.

— Сотрудники полиции, — поправил его Касум, — их застрелили ваши коллеги. Не понимаю, что ты хочешь, Ибрагим?

Он был старше начальника полиции более чем на двадцать лет и поэтому мог обращаться к нему на «ты». Подполковник допил свой чай и тяжело вздохнул.

— Люди разное говорят. Все знают, что Нугзар ваш кровник. И два дня назад убили его родственника. И еще троих других людей.

— Они убили моего сына, — снова напомнил Касум, — а за семь дней до этого моего брата. Судью вашего района, Ибрагим. Или ты забыл, что мой брат был судьей, и ваша задача была не только его охранять, но и найти убийц, которые осмелились это сделать.

— Мы их ищем, — возразил Юсупджанов, — вызвали из Махачкалы сразу два отряда спецназовцев. Они сейчас прочесывают горные массивы выше вашего села. Там два взвода сотрудников Внутренних войск МВД.

— Которые снова ничего не найдут, — насмешливо произнес Касум, — не нужно ничего говорить, Ибрагим, я прекрасно знаю, что они ничего не найдут. Не потому, что не могут найти или не хотят. Им просто не разрешат. Нугзар не такой дурак, чтобы подставлять своих людей, а сидящие в Махачкале чиновники тоже не дураки. Им банда Нугзара еще долго будет нужна и, значит, его никто не будет всерьез искать.

— Это тяжелые обвинения, уважаемый Касум-муэллим, — сказал начальник полиции, — но вы напрасно так считаете. У нас работает много честных и достойных людей, которые борются с бандитами.

Он сам почувствовал, насколько фальшивыми получились его слова. И не потому, что никто не боролся. Как раз наоборот. Действительно боролись и погибали. Но назвать честными и достойными людьми сотрудников полиции, которые охотно вымогали деньги у обычных людей, было бы слишком большим преувеличением.

— Зачем ты приехал? — прямо спросил Касум.

— Сегодня вы будете отмечать три дня поминок по вашему сыну, — сказал подполковник, — и мне звонил ваш участковый. Он считает, что на кладбище могут быть беспорядки.

Поэтому я приехал сам и привез троих своих сотрудников. Мы должны будем обеспечить безопасность вашей церемонии, уважаемый Касум-муэллим.

Отец повернулся, посмотрел на Максуда, затем перевел взгляд на своего племянника, словно спрашивая совета у Салима. Тот верно понял его взгляд. Это было разрешение вступить в разговор.

— Спасибо, что вы решили нам помочь, — сказал Салим, — это будет очень важно, так как на кладбище соберутся не только уважаемые люди нашего села, но приедет много руководителей из Махачкалы. Говорят, что должен приехать даже заместитель спикера нашего парламента. Возможно, вас уже предупредили, — добавил он, не скрывая своей издевки.

— Конечно, предупредили, — не захотел замечать иронического тона Салима подполковник, — и поэтому мы обязаны быть в вашем селе, чтобы обеспечить безопасность всей процедуры. Хотя с вице-спикером приедут и двое сотрудников ФСБ.

— Это правильно, — согласился Салим, — только непонятно, каким образом бандиты каждый раз спокойно проезжают через Чиркей, когда пытаются попасть в наше село?

— Наверное, у них есть документы и разрешения на проезд, — не смутился Юсупджанов, — ведь сложно отличить обычного законопослушного гражданина от бандита. У него на лбу ничего не написано, документы в порядке, мы не можем его просто так задерживать.

— И еще у некоторых бывают пропуска, подписанные вашими сотрудниками, дающие разрешение на проезд через все блокпосты, — жестко произнес Салим.

— Иногда люди просят разрешения, и мы выписываем им пропуска, даже когда проходят зачистки или войсковые операции, — сообщил без тени смущения подполковник.

— Поэтому они и проезжают через вас так свободно, — не унимался Салим, — даже если все знают, что в горах находится банда Нугзара.

— Сейчас там работают два взвода сотрудников органов внутренних дел, — напомнил Юсупджанов.

— Но бандиты все равно будут просачиваться мимо них, имея на руках документы, подписанные сотрудниками местной полиции.

— Я знаю всех своих людей, — попытался снова возразить подполковник, — никто из них...

Салим достал из кармана документы и положил их на стол перед начальником полиции, не дав ему закончить свои заверения.

— Это разрешение на проезд, выданное бандиту, которого я вчера застрелил, — сообщил он, — оно было подписано вами.

Максуд вспомнил, что, догнав убегавшего бандита, который ранил Магомеда, Салим не только выстрелил ему в спину, но и начал копаться в его карманах. Очевидно, там он нашел и этот пропуск. Наступило неприятное молчание. Начальник полиции спокойно взял бумагу, прочитал пропуск, удовлетворенно кивнул.

— Это действительно моя подпись, — сообщил он, — человек обратился к нам, показав удостоверение члена охотничьего клуба, и попросил разрешение на охоту в наших лесах. Я предупредил его о том, что охотиться в наших краях очень небезопасно. Но дал ему разрешение. Не вижу в этом ничего необычного.

— Он охотился на людей, — подчеркнул Салим, — и вы должны были это знать.

— Если бы знал, никогда бы не дал, — так же спокойно сообщил Юсупджанов. — Насколько я понял, вы вытащили его из кармана убитого, чтобы показать мне?

— Нет. Чтобы найти тех, кто помогал бандитам, — заявил Салим. — Мы все понимаем, что без такой помощи они бы не смогли сюда прорываться мимо ваших блокпостов.

— Я разберусь с этим разрешением, — пообещал подполковник, забирая бумагу. Он уже собирался подняться, когда его остановил старый Касум.

— Подожди, Ибрагим, — предложил он начальнику полиции, — посиди еще одну минуту и выслушай все, что я хочу тебе сказать. Два дня назад, днем, прямо на поминках по моему брату, убили моего сына. На глазах у всех, не постеснялись нашего горя. Вызвали его из палатки, где он вместе с нами принимал соболезнования. Приехали в наше село и застрелили его. А потом пытались сбежать, но Салим сумел их догнать. — Отец перевел дыхание и продолжал: — Скажу, почему я тебя задержал. Я не знаю, кто и зачем помогает бандитам. Хочу верить, что ты просто за деньги раздаешь разрешения и пропуска, но не знаешь, что они бандиты Нугзара. А если знаешь и нарочно раздаешь свои пропуска, то ты совершаешь большую ошибку. Я думаю, что мы тоже будем все проверять. И если ты на другой стороне, то, значит, ты наш враг. Друг наших врагов и наш враг, благодаря которому застрелили сначала моего брата, а два дня назад моего сына.

Он снова немного помолчал, словно собираясь с силами. И произнес:

— Если ты враг, то будь готов к тому, что я тоже стану твоим врагом. Я не разрешу никому из детей в тебя стрелять. Ты начальник местной полиции, и у них будут большие неприятности. Им может никто не поверить. А за убийство начальника полиции суд может приговорить любого из них к пожизненному заключению. Чтобы этого не допустить, я лично обещаю тебе, что возьму винтовку и пристрелю тебя как виновника смерти моего брата и моего сына. Мне уже много лет, Ибрагим, и меня не пугает ни пожизненное, ни какое-либо другое наказание. Ты меня понимаешь?

— Нельзя угрожать сотруднику полиции, — несколько растерявшись, проговорил подполковник. Было заметно, что эти слова старого Касума вывели его из состояния равновесия.

— Нельзя, — согласился отец, — но когда убивают твоего сына почти у тебя на глазах, то все можно.

Подполковник молчал. Затем медленно поднялся.

— Я не боюсь ваших угроз, — сказал он, — и не потому, что вы не можете меня застрелить. Я знаю, что можете. Но я даю вам слово, что не знал об их планах. И никогда бы не стал помогать тем, кто убил нашего судью, вашего брата. И тех, кто убил вашего сына. Клянусь своими детьми. Даю вам слово мужчины, слово офицера.

Касум мрачно кивнул. Юсупджанов вышел из комнаты, не надевая фуражки. Никто его не провожал. Когда закрылась дверь, прошло несколько секунд.

— Вы думаете, что он говорит правду? — спросил Максуд.

— Да, — ответил вместо дяди Салим, — у нас нельзя просто так говорить подобные слова. Я и раньше думал, что его обманули. Он, конечно, далеко не ангел, но с бандитами никогда не был связан, это правда. Деньги он берет, местных бизнесменов обирает. Но брать деньги с бандитов не станет. Себе дороже. И у него есть понятие чести.

— Своеобразное понятие, — заметил Максуд.

— На Кавказе все немного иначе, чем у вас в Москве, — возразил Салим.

Отец молча поднялся. Посмотрел на сына и племянника.

— Если сегодня или завтра кого-то из вас убьют, ваши матери этого уже точно не переживут, — сказал он, — помните об этом.

И, немного хромая, вышел из комнаты. Максуд только сейчас обратил внимание, что отец хромает. Нужно будет сказать Сабиру, чтобы он посмотрел отца, решил Максуд. В это время позвонил телефон. Это был Мурад. Он сообщил, что они встретили жену Сабира и теперь едут на вокзал.

— Будьте осторожны, — попросил Салим.

Церемония началась в два часа дня, когда мужчины потянулись на кладбище. Впереди шли молла и отец погибшего. За ними старики и приехавшие из Махачкалы гости. Максуд шел в толпе родственников. Салим был рядом. Он не скрывал, что взял с собой оружие. Некоторые мужчины шли с ружьями. Максуд увидел, как за его спиной появился молодой Этибар, тот самый, который помогал Салиму догонять убегающих убийц. Максуд приветливо кивнул ему.

У могилы молла начал читать молитву. Его молча слушали. Вице-спикер приехал в темном костюме и галстуке, несмотря на летнюю жару. Родственники были в пиджаках. Вокруг стояли сотрудники полиции с автоматами. Почти совсем рядом находился Ибрагим Юсупджанов. После тяжелого разговора с отцом погибшего он избегал близко подходить к семье Намазовых. Хотя и присутствовал на кладбище.

Молла закончил читать свою молитву. Все повернулись в сторону дома, где уже готовилась еда для прибывших. Возвращались так же молча, стараясь громко не говорить. Отец прошел и сел по правую руку от моллы, указав глазами Максуду на первый стол от него. Максуд прошел и сел. Многие из приехавших выражали соболезнования не только старому Касуму, но и подходили к самому Максуду. Слухи о его приезде уже разлетелись по всему селу.

Пока все шло спокойно. Через некоторое время в палатке появился Салим, который сообщил, что сестра Максуда и сопровождавшие ее мужчины уже добрались до Буйнакска и скоро будут здесь. Максуд нахмурился. Конечно, это правильно, что сестра приехала сюда в такой тяжелый день, поддержать их мать. Но с другой стороны, самой сестре будет тяжело. Как и им всем. Васиф был младший в семье, мать любила его больше всех остальных. И теперь должна была оплакивать своего младшего сына.

После того как поминки закончились, Максуд вышел на улицу, встав у палатки и принимая соболезнования выходивших гостей. Салим подошел к нему.

— Мне позвонили из Махачкалы и передали расшифровку всех телефонов погибшего Галиба, — сообщил он. — Знаешь, кому трижды звонил позавчера убийца? И кто звонил ему? Наш участковый. Абдулкерим. Вот такие дела, Максуд. Теперь уже все понятно. Абдулкерим сообщил убийцам наиболее удобный момент для убийства. И не заметил чужой машины, которая приехала в наше село.

— Не может быть, — пробормотал Максуд. — Он сейчас в палатке. Сидит на наших поминках вместе с начальником полиции. И у него хватило наглости появиться у нас в доме?

— Наглость здесь ни при чем, — пояснил Салим. — Если бы он не пришел, то мы бы сразу его заподозрили. А так, все правильно. Он ведь сидит там не один. Вместе с подполковником Юсупджановым и его заместителем майором Мустафой Магомедовым. Пришли, чтобы выразить нам соболезнования.

— Может, они связаны все трое? — предположил Максуд.

— Не знаю, — ответил Салим. — Насчет подполковника я почти уверен. Он не станет мараться в таких грязных делах. И тем более сговариваться со своим участковым. Насчет Магомедова я не знаю. Он вообще новичок.

— Что думаешь делать? Войти в палатку и начать допрашивать участкового? Ты понимаешь, что обязан все сообщить его руководителю? — спросил Максуд.

— Ты все никак не можешь отрешиться от своих московских замашек, — покачал головой Салим. — Здесь совсем другие правила. Сейчас я его вызову в дом, чтобы переговорить с ним. А ты посиди в палатке, понаблюдай, как будут вести себя Юсупджанов и Магомедов.

— Хорошо. Но будь осторожен. Если этот участковый связан с бандитами, то он вполне может выстрелить и в тебя. Представляю, какие деньги ему платят.

— Большие, — согласился Салим, — поэтому они и работают на две стороны. Сколько бы денег им ни платило государство, им гораздо выгоднее получать свои дивиденды с обеих сторон. И пока это будет выгодно нашим сотрудникам полиции, здесь не будет никакого порядка. Никогда не будет.

Максуд тяжело вздохнул и вошел в палатку. Проходя мимо стола, за которым сидели трое офицеров, он не выдержал и посмотрел в их сторону. Начальник полиции сидел мрачный и злой. Ему было очень некомфортно находиться в этой палатке, но демонстративно уехать, когда в ней сидел вице-спикер парламента, которого ему лично поручили охранять, означало уйти из органов досрочно и со скандалом. Его заместитель, напротив, улыбался. Участковый о чем-то оживленно беседовал с пожилым руководителем местного отделения Сбербанка. Участковому Абдулкериму было под сорок. У него были густые черные усы, узкое волчье лицо, подвижные глаза и кучерявые черные волосы. Он был чуть выше среднего роста, всегда строгий и мрачный. Максуд еще раз посмотрел на него и прошел мимо, к своему столу. И почти сразу в палатку вошел молодой человек, помогавший разносить чай, и что-то негромко сказал Абдулкериму. Тот согласно кивнул головой и обратился уже к Магомедову, очевидно, доложил о том, что его вызывают. Тот также согласно кивнул, разрешая выйти. Участковый вышел из палатки. Максуд наблюдал за оставшимися офицерами. Оба вели себя достаточно спокойно. Юсупджанов, увидев выходившего участкового, что-то спросил у своего заместителя, и тот негромко ответил, видимо, успокоив начальника полиции.

Максуд подумал, что для людей, замешанных в убийстве, они ведут себя слишком спокойно. С другой стороны, даже этот участковый, который разговаривал с убийцей за несколько минут до убийства Васифа, не постеснялся прийти к нему на поминки и сидел за столом, не стесняясь поедать пищу в память о погибшем.

«Никто больше не боится Аллаха, — с огорчением подумал атеист Максуд Намазов, — но раньше хотя бы у людей была совесть. Сейчас не осталось ни веры, ни совести».

Он незаметно вздохнул, продолжая следить за офицерами и не зная, что именно происходит в доме.

ГЛАВА 13

Aбдулкерим вышел из палатки, поправляя форму. Спросил, куда ему идти. Ему показали в сторону дома. Молодой человек сообщил, что его просит выйти для беседы Салим Намазов, двоюродный брат убитого Васифа и племянник застреленного судьи Кадыра Намазова. Ничего не подозревающий участковый вошел в дом. Он услышал женские крики и поморщился. Это плакала сестра Васифа, успевшая приехать сюда из Буйнакска, куда они прибыли на поезде. В коридоре стоял Сабир. У него был несчастный вид. Жена проплакала всю дорогу, считая себя виноватой за то, что не приехала сюда еще несколько дней назад на поминки по своему дяде. Она была почти искренно убеждена, что ее присутствие могло каким-то неведомым образом помочь младшему брату. Хотя бы увидела его перед смертью, успев сказать, как сильно она его любит. Даже Халида пыталась ее успокоить, когда Абдулкерим поднялся на второй этаж, в комнату Салима. У дверей стоял Мурад. Они были хорошо знакомы. Мурад был местным егерем, и Абдулкерим знал, что этот чудаковатый молодой человек не берет денег с браконьеров и не разрешает отстрел животных на своей территории без правильно оформленной лицензии.

— Входи, — пригласил Мурад, обращаясь к гостю. У него в руках было ружье. Но сегодня у многих родственников и друзей Намазовых были ружья. Участковый знал об угрозах в адрес этой семьи и поэтому не удивился.

Абдулкерим вошел в комнату. Салим сидел на стуле. Он мрачно взглянул на участкового.

— Сколько ты получил за кровь моего отца и сына моего дяди? — спросил он.

Участковый попятился. Он увидел в глазах Салима мрачную решимость и понял, что тот знает все. Но сделать еще один шаг назад он не успел. Получив сильный удар прикладом ружья по ногам, он упал на колени. Стоявший сзади Мурад ударил его еще раз, но на этот раз в спину. И когда Абдулкерим упал на пол, кусая губы от боли, он наклонился и вытащил оружие из его кобуры.

— Рассказывай, — потребовал Салим.

— Вы... ты... я... — попытался что-то сказать Абдулкерим, но у него ничего не вышло. Он попытался подняться, но Мурад еще раз ударил его в спину. Правда, не так сильно и больно.

— Говори, — приказал Салим, — и постарайся сказать правду.

— Вы сошли с ума, — попытался возмутиться Абдулкерим, когда Салим подошел к нему, взял пистолет у Мурада и, нажимая на зубы участкового, заставил его открыть рот. Вставил дуло пистолета в рот и шепотом произнес:

— Только не лги, собака. Вчера они два раза звонили тебе перед тем, как здесь появиться, знали твой номер и уточняли лучшее место для проезда. А потом ты позвонил им за несколько минут до убийства Васифа. Сказал, что ты ушел... Поэтому они так спокойно подъехали к палатке и вызвали меня.

Абдулкерим выпучил глаза и замычал. Салим вытащил оружие, поднял участкового, разрешая ему сесть на стул. И снова ткнул ему пистолетом в лицо, на этот раз в щеку.

— Мы все знаем, — сообщил он. — Вчера я видел телефон Галиба. И успел первым все проверить. Но телефон уже у сотрудников ФСБ. Завтра утром они приедут сюда за тобой, и тебе уже никто не поможет. Поэтому попытайся напоследок сказать правду.

Участковый понял, что Салиму действительно все известно.

— Я не знал... не знал, что они будут стрелять... Думал, что они едут на поминки, — выдохнул Абдулкерим. Но глаза у него забегали.

— Если еще раз соврешь, я тебя пристрелю, — зло пообещал Салим, — и убью из твоего пистолета. Потом расскажу о бандите, который сюда залез, отнял у тебя пистолет и застрелил... Мало того что ты умрешь как собака, над тобой еще будут смеяться твои коллеги, вспоминая, как кто-то тебя обезоружил и пристрелил.

— Что тебе нужно? — простонал участковый.

— Правду, — потребовал Салим, — только правду, иначе я тебя убью. Мне уже терять нечего. Они убили моего отца и брата. По-моему, счет получился очень большим. Пора его закрывать.

— Они меня пугали. Сказали, что убьют моих детей, — у участкового было три девочки и младший сын, — сказали, что сначала похитят моих детей.

— И ты из страха согласился на них работать, — презрительно произнес Салим, —

а деньги они тебе не платили? И я должен тебе поверить?

— Платили, — признался Абдулкерим, — дали десять тысяч долларов. И потом еще десять. Для меня это очень большие деньги.

— Продал моего отца и брата за двадцать тысяч долларов. Гнида! — Салим замахнулся на участкового. Тот сжался. Но Салим сумел в последнюю минуту сдержаться. Затем потребовал: — Говори дальше. Когда, кто и где тебе заплатил?

— Приехал посредник, — пояснил Абдулкерим, тяжело дыша. Было заметно, как он вспотел от волнения. Участковый понимал, что эти люди могут выполнить свою угрозу. И хуже смерти был бы позор, когда в селе узнают о его предательстве.

— Кто был посредником?

— Я его не знаю. Он из Махачкалы. Привез привет от моего дяди Аббаса. Ты его знаешь. Он владелец супермаркета.

— Поставка продуктов, — вспомнил Салим, взглянув на Мурада, — все правильно. Этот супермаркет — единственный в республике, чьи машины никогда не останавливают ни бандиты, ни полицейские. Он платил и тем и другим. И работает своеобразным посредником. Вот так люди наживаются на чужом несчастье.

— Мне сказали, что это кровники вашей семьи, — выдохнул Абдулкерим, — предложили десять тысяч, чтобы я указал место, где можно забрать судью. Они хотели похитить твоего отца, Салим. Но я не пошел на это. Честное слово, я отказался. Сказал, что не могу подставлять судью. И еще сказал, что не буду выдавать твоего отца, ведь все равно за порядок на вашей улице отвечаю именно я. Они очень обиделись. Сказали, что не захотят со мной работать. Дядя звонил из Махачкалы, сильно ругался. Но я не сдал твоего отца, Салим. Просто уехал в тот день отсюда. Поехал в Буйнакск.

— И я должен тебе верить? — спросил Салим.

— Клянусь Аллахом! — взмолился участковый.

— У тебя нет Аллаха, — возразил Салим, — ты слуга Иблиса (дьявола). Такие, как ты, не верят в Бога.

— Клянусь жизнями моих детей, — поклялся Абдулкерим, — я действительно отказался. И сказал, что не возьму их деньги.

— Но потом взял и уехал.

— Они мне приказали уехать. Так и сказали. Если не согласен помогать, то должен уехать. Я уехал в тот день в Буйнакск. Они не говорили, что убьют твоего отца. Они хотели его только похитить.

— Ты прекрасно знаешь, почему они хотели его украсть, — гневно произнес Салим. — Им было важно убить его на могилах своих родственников. Или ты этого тоже не знал?

— Не знал, — тяжело дыша, ответил Абдулкерим. — Я думал, что они хотят выкуп. Или обменять судью на кого-то из своих людей. А потом я узнал, что судью не смогли забрать. Он был сильный человек и, когда они попытались его затолкнуть в машину, начал сопротивляться, несмотря на возраст. А вокруг были люди, которые могли ему помочь. Тогда они застрелили твоего отца и уехали.

— Кто это сделал? — спросил Салим. — Назови имя.

Участковый молчал. Он опустил голову и молчал.

— Имя, — крикнул Салим, схватив негодяя за шею.

— Эльдар, младший брат Нугзара, — прохрипел тот, — он выстрелил в твоего отца три раза.

Салим отпустил своего пленника, прошел к своему стулу, уселся на него. Посмотрел на Абдулкерима.

— Я всегда подозревал, что ты сволочь. И когда ты был милиционером, и сейчас, когда стал полицейским. У нас говорили, что в Махачкале ты обирал даже торговцев семечками, пока тебя не перевели сюда.

Абдулкерим молчал. Он понимал, что первый гнев уже улегся, и теперь ждал допроса.

— А вторые десять тысяч ты получил уже за пособничество в убийстве моего брата, — сказал неестественно спокойным тоном Салим.

— Они приехали за тобой, — признался участковый, — сказали, что им важно договориться с тобой, чтобы прекратить эту вражду.

— И в это ты тоже поверил? — покачал головой Салим.

— Он считает нас кретинами, — зло пояснил Мурад.

— Нет, — выдохнул Абдулкерим, — я не думал, что они будут стрелять в день поминок. Не думал, что вызовут тебя из палатки и убьют в день поминок по твоему отцу. Так никто не делает. Так нельзя делать.

— Ты считал, что они приехали почтить память моего отца? — Было заметно, каких трудов стоит Салиму сдерживаться.

— Нет. Нет. Я понимал, что у вас кровная вражда. Но никто не осмеливался убивать сына на поминках его отца. Никто и никогда...

— Они не уважают наши традиции, — снова подал голос Мурад, — ни наши законы, ни наши традиции. Они ничего и никого не уважают.

— И ты сообщил им, что охраны нет, а сам удалился, — таким же неестественно ровным голосом произнес Салим.

— Я не думал, что они убьют твоего брата, — признался Абдулкерим. — Все получилось так неожиданно.

— Но ты ушел отсюда за десять минут до их появления. И теперь мы знаем, что ты сам звонил Галибу, чтобы предупредить его об этом, — сказал Салим. — Ты оказался умнее всех. В день убийства моего отца уехал в Буйнакск, чтобы иметь алиби. А когда они приехали в село, указал, как им лучше проехать к нашему дому, и снова ушел, чтобы не вызывать ненужных подозрений. И получил свои двадцать тысяч долларов.

— У меня четверо детей, Салим, — напомнил участковый, — и мне нужно их кормить. А на мою зарплату участкового содержать такую семью невозможно.

— Конечно, — согласился Салим, — а теперь скажи, кто из ваших начальников тебя покрывал. Магомедов или Юсупджанов?

— Они ничего не знали, — испугался Абдулкерим, — они действительно ничего не знали. Деньги мне привозил посредник. И мы говорили по телефону с Галибом, родственником Нугзара.

— Кого еще ты знал из банды Нугзара?

— Больше никого. Я действительно никого из них не знал. Деньги привозил посредник, а связывался со мной только Галиб.

— Ясно, — Салим достал телефон, набирая номер. Услышав знакомый голос, он быстро сказал: — Здравствуйте, Петр Савельевич. Это вас Салим беспокоит. Хочу сообщить вам, что мы нашли человека, который помогал бандитам. И его номер телефона зафиксирован в аппарате убитого бандита. Вы можете проверить. Это наш участковый. Да-да, тот самый, о котором я вам говорил. Нет, конечно. Я никому и ничего не сказал. Да, я понимаю. Просто вчера я успел увидеть телефон бандита, которого застрелили сотрудники полиции. И узнал номер нашего участкового. Все понимаю. Спасибо за соболезнования. Будем ждать. До свидания.

Он убрал телефон.

— Заместитель начальника областного ФСБ, — сообщил он участковому, — они уже знают, что это номер твоего телефона был записан в аппарате погибшего бандита. Сегодня вечером они приедут за тобой, Абдулкерим. Все закончилось раз и навсегда. Тебе не помогут ни деньги, которые ты получил за кровь моего отца и брата, ни твой торговый дядя, который так успешно работает на обе стороны. Тебе уже никто не поможет.

Участковый поднял голову.

— Зачем ты это сделал? — спросил он. — Я ведь тебе все рассказал.

— Ты не понял, — поднялся со своего места Салим, — я ничего не сделал. Они уже знали про тебя и про твой номер телефона в этом аппарате. И уже готовились выехать за тобой. Сегодня вечером тебя арестуют. И если есть справедливость, ты сядешь в тюрьму лет на пятнадцать или двадцать. И не получишь ни своей пенсии, ни своей зарплаты за эти годы.

Абдулкерим обхватил двумя руками голову и громко зарыдал. Салим с презрением смотрел на него.

— Следи за ним, — попросил он Мурада, — если шевельнется, сразу стреляй. Только не выпускай его из этой комнаты.

Мурад понимающе кивнул. Салим вышел из комнаты, закрыв за собой дверь. Спустился вниз. Прошел в палатку, где уже закончили есть и пили чай. Подошел к обоим офицерам, сидевшим рядом. Присел на место участкового.

— Я сейчас разговаривал с Петром Савельевичем, — сообщил он начальнику полиции. Магомедов сидел между ними и поэтому слышал весь разговор.

— С Егоршиным? — понял Юсупджанов. — Он у нас заместитель начальника управления ФСБ по оперативной работе.

— Да, это он. И представьте себе, что он сообщил мне о том, что они проверили телефон убитого два дня назад Галиба, родственника Нугзара. Проверили все номера. И выяснилось, что за десять минут до их появления здесь, ему звонил ваш участковый Абдулкерим.

У обоих офицеров вытянулись лица. Оба слишком хорошо понимали, что именно это означает, в том числе и для них.

— Этого не может быть, — растерянно произнес Юсупджанов, — он же не такой идиот, чтобы так глупо подставляться. Звонил со своего телефона?

— У него есть второй телефон, зарегистрированный на имя его жены, — пояснил Салим, — поэтому его не сразу вычислили. Но это уже не имеет никакого значения. Сотрудники ФСБ сегодня вечером его арестуют. Они уже выезжают из Махачкалы.

— Сукин сын! — зло произнес Магомедов. — Как он нас всех подставил! Разве можно быть таким негодяем? Звонить преступнику за несколько минут до убийства. Полный дебил.

— Он подставил сначала моего отца, а потом моего двоюродного брата, — сообщил Салим.

— Тише, — оглянулся по сторонам начальник полиции, — не нужно так громко, иначе присутствующие его просто разорвут на части. Нужно было давно его гнать отсюда, — раздраженно заявил он, — и вообще не принимать, когда его переводили из Махачкалы. Он еще там отличился.

— Сейчас уже поздно сожалеть, — сказал более рассудительный заместитель, — нужно что-то делать. Если они его арестуют и докажут, что он был связан с бандитами, то мы с тобой вылетим с работы. Сразу, без всяких вариантов. Или нас переведут на его место.

— А мне осталось меньше года до пенсии, — сжав зубы, пробормотал Юсупджанов. — Чтобы он сдох, проклятый дурак. Куда он делся? Найдите его, я посоветую ему застрелиться.

— Не кричи, — теперь уже попросил его заместитель, — на нас смотрят люди. Потом найдем его и поговорим. Давай поедем к нему на работу. Наверное, он отправился туда. Ты сказал ему, Салим, о том, что его ищут?

— Сказал, — кивнул Салим.

— Напрасно, — с сожалением произнес Магомедов, — не нужно было ему ничего говорить. Лучше бы сразу сообщил нам. Я думаю, что мы сейчас отправимся в его кабинет.

— Иди один, — сказал сквозь зубы Юсупджанов, — я никуда не могу выйти, пока здесь находится вице-спикер. Можешь себе представить, что завтра обо мне будут говорить, если я демонстративно уйду отсюда, когда в палатке сидит вице-спикер нашего парламента? Проверь наших сотрудников. Они оба должны были дежурить около палатки.

— Они там, — подтвердил Салим.

— Тогда иди, — разрешил своему заместителю начальник полиции, — найди этого дурака и объясни ему ситуацию. Пусть что-нибудь придумает. Или уйдет в горы, тогда можно будет объяснить, что он всегда был с ними. Или что-нибудь другое.

— Если уйдет в горы, нас накажут еще сильнее, — возразил Магомедов, — скажут, что мы не заметили оборотня в своих рядах. В лучшем случае нам объявят выговора, если не выгонят из полиции.

— Тогда пусть застрелится, — очень тихо посоветовал Юсупджанов, — если не понимает, что нельзя так подставляться. Или пусть сидит всю оставшуюся жизнь, а его дети будут умирать с голоду.

Магомедов согласно кивнул и быстро вышел из палатки. Салим остался сидеть рядом с начальником полиции. Его не удивил цинизм Юсупджанова. Здесь шла настоящая война, а на войне другие правила и другие понятия справедливости. Он поднялся и пересел к Максуду.

— Что у вас происходит? — поинтересовался Максуд. — Он признался?

— Да, — кивнул Салим, — в первый раз, когда он получил десять тысяч долларов, они хотели похитить моего отца. Но не смогли этого сделать и поэтому его застрелили. Наш участковый взял деньги и уехал в Буйнакск, чтобы иметь алиби. А позавчера они несколько раз перезванивались, пока он не сообщил, где я нахожусь и как к нам проехать. И потом ушел из палатки. Чтобы дать возможность позвать меня и убить. Хотя он клянется, что они собирались со мной только поговорить. Интересно, о чем мы могли с ними разговаривать.

— Что собираешься делать?

— Я разговаривал с заместителем руководителя областного ФСБ. Они уже знают про нашего участкового и собираются сюда выезжать. Его вечером арестуют. Но наш начальник полиции и его заместитель категорически против этого ареста. Советуют найти его и помочь ему либо сбежать, либо застрелиться. Чтобы не подводить своих руководителей, которые серьезно пострадают из-за его предательства.

— И где он сейчас?

— Сидит в моей комнате под охраной Мурада. Подождем, пока уедет вице-спикер, и потом я поведу туда нашего начальника полиции. Пусть разбирается с ним.

— Ты с ума сошел? — даже не удивился, а испугался Максуд. — Он ведь тоже не ангел. Ваш начальник полиции его просто пристрелит, чтобы не выносить сор из избы. Или ты этого не понимаешь?

— Если он этого не сделает, то это сделаю я, — спокойно произнес Салим.

Максуд даже отшатнулся.

— Они убили моего брата, — задумчиво произнес он, — но они не могут превратить меня в зверя, подобного им. Я все еще человек, хотя мне очень больно...

— Это только «пока», — возразил Салим.

Вице-спикер наконец поднялся, и все поднялись вместе с ним. Даже отец поднялся и пошел к выходу, чтобы проводить почетного гостя. Юсупджанов тоже поднялся и вышел из палатки. Через несколько минут вице-спикер уехал. Впереди шла машина полиции. Юсупджанов вернулся в палатку, подошел к Салиму.

— Мне звонил Мустафа Магомедов. Этого придурка нет в участковом пункте. Ты знаешь, где он сейчас находится?

— У нас дома, — ответил Салим.

— Идем, — коротко приказал начальник полиции.

Они вдвоем вышли из палатки. В нее вернулся отец, который, пройдя к молле, сел рядом с ним. Подозвал Максуда.

— Что у вас за возня в этими полицейскими? — недовольно спросил отец.

— Ничего, — ответил Максуд, — все в порядке. У них какие-то свои проблемы.

Он прошел на свое место, снова уселся за стол, чувствуя нарастающее беспокойство. Увидел вошедшего в палатку Сабира, который подошел и сел рядом с ним.

— Как они там? — спросил Максуд.

— Плохо, — признался Сабир, — они плачут, переживают. Я приготовил лекарства. Иначе не успокоятся.

Максуд сжал зубы. Может, Салим прав и на этой войне есть собственные правила справедливости и нравственности. На войне вообще нет универсальной справедливости. И тем более нет нравственности, когда ожесточение и ненависть достигают своего предела...

Он просидел так минут десять, когда вспомнил о том, что ему нужно позвонить в Москву. Он набрал знакомый номер мобильного телефона директора института.

— Илья Денисович, здравствуйте, — сказал он, — извините, что беспокою вас. Но у меня в семье произошла еще одна трагедия. Два дня назад умер мой младший брат.

— Послушайте меня, Максуд Касумович, — явно разозлился Реутов, — у нас очень важные проблемы. Необходимо ваше присутствие. А у вас на родине все время происходят какие-то невероятные события. Сначала ваш дядя, теперь ваш брат. Я, конечно, вам верю, но все это уже напоминает какой-то неудачный фарс, простите за такие слова.

— Но я задержусь только на два дня. Не больше.

— Очень надеюсь, — сказал Реутов и положил трубку.

Максуд задумчиво посмотрел на телефон и набрал номер Майи. Она сразу ответила.

— Я так долго ждала твоего звонка, — призналась она, — не хотела тебя беспокоить, понимала твое состояние.

— Нет, — возразил он, — ты даже не представляешь, как мне плохо.

— Что случилось? — испугалась она.

— Убили моего младшего брата, — сообщил Максуд.

— Какое несчастье! — вздохнула Майя. — Может, мне приехать к тебе? Я могу все бросить и прилететь.

— Не нужно. Это только усложнит мои проблемы, — сказал Максуд. — Ничего. Постараюсь вернуться через несколько дней. Ты за меня не беспокойся.

— Как это случилось? Тебе ничего не грозит? — спросила она.

— Нет. У меня все в порядке, и я скоро прилечу.

— Звони мне, — попросила она, — каждый день звони.

— Обязательно, — пообещал он, — а сейчас не могу разговаривать. Извини.

Максуд увидел, как в палатку вернулся Салим, который подошел к нему и сел рядом.

— Что случилось? — тревожно спросил Максуд. — Что там произошло?

— Он застрелился, — сообщил Салим, усаживаясь рядом, — все нормально.

Максуд прикусил губу. Этот участковый только несколько минут назад пил чай вместе с ними в этой палатке. И сейчас его нет. Может, здесь другая цена жизни и крови, в который раз подумал он.

— Этот тип подставил твоего брата, Максуд, — услышал он горячий шепот Салима, — и поэтому не нужно его жалеть.

ГЛАВА 14

Салим провел начальника полиции к себе домой. Вместе они поднялись на второй этаж, вошли в комнату, где под охраной Мурада сидел участковый. Ибрагим Юсупджанов покачал головой. Только этого не хватало. Двое штатских разоружили его офицера полиции.

— Доигрался? — грозно спросил он. Абдулкерим сидел, опустив голову. Было заметно, что он плакал.

— Как ты мог так глупо подставиться, — возмутился начальник полиции, — чтобы твой номер телефона оказался записанным у бандита? И он тебе звонил несколько раз. А потом ты ему звонил. Ты хоть понимаешь, что не сможешь от этого отвертеться. Если ваши переговоры были за несколько минут до убийства. Тебя не только выгонят из полиции, тебя посадят в тюрьму на двадцать лет, и ты выйдешь оттуда стариком. А еще твоя семья должна будет столько лет тебя кормить. Или ты уже вообще ничего не понимаешь?

Он ругал его не за то, что он взял деньги у бандитов, помогая убивать судью и его племянника. А только за то, что он попался на этих убийствах из-за своей неосторожности, из-за которой теперь могли пострадать его руководители. И все находящиеся в комнате понимали беспокойство начальника полиции, которого волновали собственная карьера и честь мундира, а не предательство его офицера.

— Сколько получил? — спросил Юсупджанов. — Только не лги.

— Двадцать тысяч, — всхлипнул Абдулкерим, опустив голову.

— Ну и дурак, — махнул рукой подполковник, — из-за такой ничтожной суммы сломал себе жизнь. В общем, ты человек неглупый — должен сам все понимать. Впереди у тебя позор, тюрьма, дети будут опозорены, жене придется столько лет возить тебе передачи. И еще все будут говорить, что ты помогал бандитам. Они не смогут даже нормально здесь жить. А если ты неожиданно погибнешь...

Абдулкерим поднял голову. В глазах был испуг.

— Если неожиданно погибнешь, — продолжал начальник полиции, то тогда... Я сделаю все, чтобы эту историю замять, помочь твоей семье и выхлопотать для жены пенсию за погибшего сотрудника МВД. Твой сын еще будет гордиться отцом, который застрелился из-за того, что не сумел найти и обевредить бандитов, которые убили на его участке судью и заместителя председателя исполкома.

— У меня маленькие дети, — взмолился участковый, — я не могу. Совсем маленький сын.

— Сволочь, — не выдержал Мурад, — у погибшего Васифа тоже были дети. Трое детей, которые остались без отца из-за твоего предательства.

— Нет, — снова заплакал участковый, — не нужно. Я не хочу стреляться.

— Тогда тебя посадят. Сам виноват, — безжалостно заявил подполковник.

Участковый упал на колени.

— Нет, — запричитал он, — не нужно. Очень прошу вас. Я готов отсидеть в тюрьме сколько нужно.

— Нельзя, — почти ласково произнес начальник полиции, — не получается. Если попадешь в тюрьму, то сразу всех подведешь.

И нас, и свою семью опозоришь. Зачем тебе это нужно? А так уйдешь героем. Может, даже твоим именем назовем школу, в который ты учился.

— Она уже названа именем героя, который погиб четырнадцать лет назад, — вспомнил Абдулкерим.

— Ничего. Назовем твоим именем другую школу. Или улицу. А может, детский садик, — так же ласково сказал подполковник, сжимая обе руки участкового, который пытался обнять его ноги.

Салим и Мурад переглянулись. Им было противно на это смотреть.

— Я не могу, — плакал Абдулкерим, — вы должны меня понять. Я не могу так поступить.

— Ничего, — заставил его подняться буквально силой Юсупджанов, усаживая на стул, — мы тебе поможем. Для этого и нужны товарищи. Ты только не беспокойся. Мы все сделаем сами.

— Не нужно, — продолжал плакать участковый.

— Перестань, — строго одернул его подполковник, — ты офицер, а не баба. Веди себя прилично. Не нужно так распускаться. Хорошо. Я подумаю. Если не хочешь стреляться, значит, пойдешь в тюрьму. Ты этого хочешь? На здоровье. Сиди в тюрьме...

— Помогите, — простонал Абдулкерим.

Было страшно смотреть на этого усатого взрослого мужчину, который плакал от страха и бессилия.

— Ладно, хватит, — решил Юсупджанов, — сейчас что-нибудь придумаем. — Он достал телефон, набрал номер своего заместителя: — Алло, Мустафа, ты где находишься? На участковом пункте? Да, я понял, что дверь закрыта. Ничего страшного. Мы сейчас придем. Это ведь рядом, на соседней улице. Да, вместе с нашим Абдулкеримом. Он понимает, в какую беду вляпался. И мы должны вместе придумать, как ему помочь.

— Спасибо, спасибо, — бормотал участковый.

— Пойдем, — дружелюбно предложил начальник полиции, — и не беспокойся ни о чем. Вставай и вытирайся. В таком виде нельзя появляться перед людьми. Вспомни, что у тебя растет сын. Не позорься. Вытрись. А еще лучше пойди и умойся. Мурад, проводи нашего участкового, покажи, где ему умыться.

Абдулкерим вышел вместе с Мурадом. Юсупджанов взглянул на Салима.

— Он сдал твоего отца и подставил твоего двоюродного брата, — сказал начальник полиции, словно напоминая о том, чего нельзя было забыть.

— Я знаю, — ответил Салим.

— А ты подставил его, — сделал свой вывод подполковник.

— Я его не подставлял. Он сам себя подставил, когда звонил бандиту, — возразил Салим.

— Это уже не так важно, — отмахнулся подполковник, — у тебя его пистолет?

— Да, конечно.

— Дай его мне, — протянул руку Юсупджанов.

Салим отдал ему пистолет участкового.

— Спасибо, — кивнул начальник полиции, — теперь можешь не беспокоиться. Для нас самое главное дойти до его кабинета. Но здесь недалеко, думаю, что дойдем. Хотя на всякий случай пусть нас проводит твой родственник. Мурад. Если вдруг что-то случится по дороге.

Салим почувствовал неладное.

— Нет, — твердо сказал он, — Мурад никуда не пойдет. У вас внизу еще двое сотрудников. Пусть помогут вам увести вашего участкового.

— Какой ты подозрительный. Только нечестные люди думают так плохо о всех остальных, — усмехнулся Юсупджанов. — Но как хочешь. Мы сейчас уйдем. А ты спокойно спускайся вниз и иди в палатку, чтобы все видели. Ты меня понял?

Через пять минут начальник полиции и участковый вышли из дома. Абдулкерим шел, спотыкаясь, все еще не веря в свое счастье, ежесекундно благодаря своего начальника и глядя на него счастливыми глазами. Подполковник иногда подталкивал его в спину. Салим попросил Мурада проследить, куда именно они пойдут, но не подходить к ним слишком близко.

Они прошли на соседнюю улицу, вышли к участковому пункту, где их уже ждал Мустафа Магомедов. И втроем вошли в комнату участкового. Мурад ждал недолго. Через минуту послышался выстрел. Еще через минуту вышедший на улицу начальник полиции позвонил в больницу, вызывая «Скорую помощь» и громко сообщив, что их участковый застрелился. Мурад вернулся домой и рассказал обо всем Салиму. Тот даже не изменился в лице. Только кивнул и пошел в палатку. Увидев Максуда, сообщил ему о самоубийстве участкового. Максуд вздрогнул, побледнел, оглядываясь по сторонам, словно только что участвовал в убийстве невиновного человека, прикусил губу. Было заметно, как сильно он нервничает.

— Этот тип подставил твоего брата, Максуд, — сказал, наклонившись к нему, Салим, — и поэтому не нужно его жалеть.

— Это убийство, — выдохнул Максуд, — или доведение до самоубийства. Он застрелился у вас дома?

— Почему дома? У себя в кабинете. Пришел к себе, раскаялся, понял, что именно наделал, и застрелился, — ответил Салим.

— И никого рядом не было? — все еще не верил Максуд.

— Были, — ответил Салим, — два его начальника. Юсупджанов и Магомедов. Они были все трое вместе. Поэтому ты можешь не беспокоиться, у этого самоубийства есть два таких надежных свидетеля — оба офицеры полиции.

— Они его убили, — убежденно произнес Максуд, — они его сами и застрелили. Ты видел их лица? Они способны на все.

— Не нужно обижать наших офицеров, — примиряюще сказал Салим, — в конце концов, у них очень грязная и неприятная работа. Кто виноват в том, что они должны заниматься всей этой грязью? Тут поневоле становишься черствым человеком.

— Мне иногда кажется, что я попал в Зазеркалье, — признался Максуд, — из нормальной устроенной цивилизованной жизни в мегаполисе двадцать первого века провалился куда-то в век восемнадцатый или семнадцатый со своими кровавыми законами и традициями.

Я раньше думал, что мои проблемы с женой, тестем и дочерью неразрешимы по сложности. Сейчас понимаю, что все это невинные забавы по сравнению с настоящими проблемами, которые у вас случаются.

— Правильно понимаешь, — неожиданно согласился Салим, — поэтому мы и сдали этого мерзавца. Каждый должен отвечать за то, что он сделал. Когда все закончится, поднимись ко мне в комнату, будем обсуждать, что нам дальше делать.

Максуд услышал его словно сквозь вату. В голове все перемешалось. Неожиданное убийство брата, печальные глаза отца, горе матери, плач Халиды, этот жалкий участковый, подлый начальник полиции, нападение бандитов... Салим поднялся и вышел из палатки.

— Максуд-муэллим, — наконец услышал Намазов, немного приходя в себя. Над ним стоял Мурад. Он трогал его за плечо. — Все закончилось. Вы можете подняться домой вместе со мной. Или вам понадобится моя помощь?

— Не нужно, я могу идти, — Максуд поднялся и почувствовал, как у него кружится голова. Он снова сел на стул, немного успокаиваясь. Взглянул на Мурада.

— Как там было с этим участковым? — спросил он.

Из палатки уже ушел молла и выходили последние гости.

— Они втроем вошли в кабинет участкового, — сказал Мурад, — а потом я услышал выстрел. Может, они его уговорили. А может, помогли. Я не знаю. Потом вызвали «Скорую помощь». И я вернулся в дом.

— Какой ужас, — Максуд снова попытался подняться, и вторая попытка оказалась удачнее. Он устоял на ногах. Голова продолжала гудеть. Мурад помог ему выйти из палатки, которую уже начали собирать присланные сюда рабочие. Они поднялись вдвоем в комнату Салима, где их уже ждали Салим и Сабир. Максуд прошел к столу, буквально плюхнувшись на стул. Перевел дыхание. Ему было немного стыдно, так на него подействовало самоубийство участкового. Он осознал, что здесь идет беспощадная борьба не на жизнь, а на смерть. И хотя он понимал, что участковый был сам виноват в том, что с ним так безжалостно расправились, сама мысль о том, что здесь возможны подобные «самоубийства», казалась невозможной и невероятной. Он даже понимал убийство своего брата. Не принимал, а понимал, когда кровные враги охотятся за членами семьи своих заклятых врагов. Но когда вот так заставляют совершать самоубийство офицера полиции!.. Или еще хуже — убивают его в своем кабинете, чтобы спасти «честь мундира», подобное казалось ему абсолютно недопустимым и противоречащим здравому смыслу.

Он взглянул на Салима.

— Нам нужно остановиться, — глухо произнес он, — пока еще не поздно и мы окончательно не превратились в преступников.

— Мы не можем остановиться, — возразил Салим, — если мы не убьем их завтра, то послезавтра они убьют нас. Без вариантов.

— Мы можем сдать их в полицию или в ФСБ, как ты предлагал, и никого не убивать, — предложил Максуд. — Я хочу, чтобы ты меня правильно понял. Васиф был не просто моим младшим братом. Он был моим другом, моим самым лучшим приятелем юности, человеком, с которым я вырос, которого помогал купать в детстве, защищал в школе, радовался его свадьбе и рождению его детей. Я очень любил и уважал твоего отца. Он был принципиальным и честным человеком. Но теперь мне кажется, что мы порочим их имена, прибегая к таким недозволенным методам. Нельзя было допускать, чтобы этот участковый застрелился. Нужно было дождаться, когда приедет ФСБ, и сдать его им, чтобы они его арестовали. Так было бы правильно и справедливо. Может, его показания помогли бы снять с работы и арестовать вашего начальника полиции и его заместителя.

Салим не ответил. Вместо него ответил Мурад, который тоже сел за стол:

— Простите, Максуд-муэллим, но вы не правы. Этого участкового могли отпустить через два-три года, и он вернулся бы сюда настоящим героем. Ведь нет никаких доказательств, что они говорили об убийстве, а не разговаривали об обычной охоте или рыбалке. И его руководители просто не позволили бы ФСБ захватить своего участкового, который мог оказаться болтуном и сдать их многие секреты. Они бы просто этого не допустили.

— Откуда ты все знаешь? — поморщился Максуд.

— Я ведь егерь. Многие влиятельные люди любят ходить на охоту и болтать в моем присутствии, — пояснил Мурад. — Они думают, что я ничего не слышу и ничего не понимаю. Но это не так.

— Давайте перестанем жалеть этого мерзавца, — подал голос Сабир, — нужно было видеть, как плачут твои мать и сестра, Максуд, чтобы осознать, что именно сделал этот офицер полиции. Подставил твоего дядю и помог убить твоего брата. Таких не жалеют. Их уничтожают, безо всякой жалости.

— И ты тоже такого мнения, — вздохнул Максуд. — Я думал, что ты, как врач, поймешь мои сомнения и будешь на моей стороне.

— Я на стороне твоего отца, — жестко отрезал Сабир. Он впервые в жизни говорил так много. — Я на стороне твоей матери, которой сделал уже два укола, я на стороне твоей сестры, моей жены, которой тоже сделал укол, я на стороне несчастной Халиды, которая стала вдовой в тридцать три года и теперь всю оставшуюся жизнь будет вспоминать твоего брата. Я на твоей стороне, Максуд, на своей стороне. И никак не на стороне этого негодяя, который получил по заслугам.

— Получается так, словно я хочу выгородить убийц моего брата, — печально произнес Максуд, — а я всего лишь хочу, чтобы мы остались людьми. Будет гораздо хуже, если мы, потеряв наших близких, сами превратимся в зверей.

Сабир замолчал. Он мрачно отвернулся.

— Хватит, — сказал Салим, — мы сделали то, что должны были сделать. И точка. Теперь обсудим наш план. Мурад, позвони и пригласи Этибара. Он должен быть где-то внизу. Я его предупреждал, чтобы он был здесь.

Мурад достал свой телефон, набрал номер, поговорил с молодым человеком.

— Он сейчас придет, — сообщил Мурад.

— Тогда подождем его, — удовлетворенно кивнул Салим, — и учтите, что завтра утром мы выезжаем в горы. На нашем внедорожнике. Нужно взять с собой самое необходимое. Запасы еды и воды на два дня, приборы ночного видения.

— Вы меня тоже берете? — не поверил Максуд.

— Конечно. У нас мало людей. Никого из посторонних мы не можем взять. Иначе просто попадем в засаду, — пояснил Салим.

— Но я не умею стрелять, — пожал плечами Максуд, — и никогда в жизни не лазил по горам.

— Ничего. Ты будешь у нас начальником связи, — усмехнулся Салим, — а стрелять я тебя научу. Сегодня ночью. Покажу, как снимать пистолет с предохранителя. И нажимать на курок. Это не так сложно, как ты думаешь.

— Ради Васифа я готов идти куда угодно, — вздохнул Максуд, — но проку от меня никакого не будет. Честное слово. Можете мне поверить. Хотя сейчас все равно. Я готов идти куда вы скажете.

— Спасибо, — Салим хотел еще что-то сказать, когда открылась дверь и вошел Этибар, тот самый молодой человек, с которым Салим преследовал уехавших бандитов и который работал больше двух лет помощником его отца.

— Садись, Этибар, — предложил Салим, — нас снова пятеро. И завтра утром мы выезжаем. Машину оставим в Чиркее, дальше пойдем пешком. Выйдем на горный склон и пойдем вдоль Чиркейского водохранилища. Через восемь километров будет горная гряда Верхнее Казанище. Там находится сторожка, в которой сейчас никто не живет. Там только иногда бывают егеря или операторы с водохранилища. Но именно там чаще всего видят людей Нугзара, которые устроили из этой сторожки перевалочный пункт. По сведениям ФСБ, они обычно ходят по двое или по трое. Нас будет пятеро, и они не будут ждать такой засады. Значит, хотя бы одного мы должны будем взять живым. И узнаем, где прячется вся банда.

— И все? Так просто? — не поверил Максуд. — Если все знают про эту сторожку, почему там не устраивают засады сотрудники полиции или ФСБ?

Все начали улыбаться.

— Во-первых, как ты докажешь, что это бандиты, если у них нет оружия и документы в порядке, — спросил Салим, — а во-вторых, там делали засады несколько раз. Но каждый раз, когда там появлялись сотрудники МВД или ФСБ, бандиты заранее исчезали, словно растворялись в воздухе. Понимаешь, что происходит? Ведь в органах не один такой Абдулкерим работает. У бандитов везде есть свои информаторы. И поэтому любое продвижение оперативников становится им заранее известно. Поэтому мы не можем брать с собой чужих людей. Вышли родственники на прогулку. Тем более с нами егерь. И такой известный ученый, как ты. И еще врач. Никто не подумает, что это отряд мстителей. Люди вышли на прогулку. Нас ведь обязательно увидят и узнают в Чиркее. Поэтому нам так важно было, чтобы ты и Сабир сюда приехали. Мы могли бы найти еще несколько молодых добровольцев, но нам нужны были именно врач и ученый, чтобы никто ничего не заподозрил. Любой отряд, который выйдет на горный склон, должен миновать Чиркей. А оттуда пойдет сообщение в банду Нугзара.

— Долго нам завтра идти? — спросил Сабир.

— Если выедем утром в семь, то в восемь будем в Чиркее, а на месте — к двум часам дня, — сообщил Мурад.

— Шесть часов в горах, — посчитал Сабир. — Попробуем. Хотя наверняка будет непросто.

— Теперь понятно, — удовлетворенно произнес Максуд, — теперь мне ваш план очень даже нравится. Все правильно продумано. И я готов завтра идти с вами. Только не забудь показать мне, как снимать с предохранителя пистолет.

— Сейчас покажу, — без тени улыбки согласился Салим, — значит, договорились. Выезжаем завтра, в семь часов утра.

ГЛАВА 15

Снимать оружие с предохранителя оказалось совсем несложным занятием. А вот стрелять ночью Салим не разрешил, иначе эхо выстрелов разнеслось бы по всему селу. В половине седьмого утра они уже были во дворе — хмурые, мрачные, невыспавшиеся. Максуду выдали тяжелые ботинки его младшего брата, его брюки и куртку. Он не хотел их надевать, пока Салим не пояснил, что иначе они просто его не возьмут. Сабир положил в машину бутылку спирта, чем вызвал оживление среди остальных участников этого своеобразного похода. Мурад принес ружье с оптическим прицелом и еще два ружья, одно из которых дал Сабиру, а карабин передал Этибару. Тот принял карабин, счастливо улыбаясь.

— Это тот самый карабин, с которым вы ходили на медведя? — спросил он у Мурада.

— Тот самый, — кивнул егерь, — можешь не беспокоиться. Слона может свалить, если попадешь. Осторожно...

— Не беспокойтесь, — радостно сказал Этибар.

Салим сел за руль машины. Рядом с ним устроился Максуд. На заднем сиденье внедорожника расположились Сабир, Мурад и Этибар. Так они и выехали из села, стараясь не особенно шуметь. Когда они выезжали, Максуд оглянулся и увидел одинокую фигуру отца, стоявшего на пороге дома. Очевидно, он давно проснулся, но не хотел мешать их сборам. Он стоял и смотрел, как они уезжали.

«Ему тяжелее всех, — подумал Максуд. — Потерял за несколько дней брата и сына. Сволочи! — Он сжал кулаки. — Может, Салим прав, когда говорит, что здесь идет настоящая война, а у войны свои собственные законы справедливости и нравственности».

С этой мыслью он почти сразу заснул, как только машина отъехала от села, благо дорога до Чиркея была в неплохом состоянии и машину почти не трясло. Он проснулся, когда они остановились у небольшого магазина, чтобы пополнить запасы воды. Мурад вышел расплачиваться.

Максуд протер глаза. Ему дали пистолет, которым он очень гордился. У Салима был автомат, лежавший под сиденьем, и пистолет. Когда они садились в машину, Максуд обратил внимание, что Мурад положил в машину какой-то непонятный ящик. Он подошел ближе и хотел посмотреть, что именно лежит в этом тяжелом ящике.

— Что это такое? — удивленно спросил он.

— Ничего, Максуд Касумович, — ответил Мурад, — там разные приборы, чтобы найти чужих людей по присутствию металла.

Когда они снова двинулись по направлению к Чиркею, Максуд, снова, проснувшись, вспомнил, что именно он хотел вчера спросить.

— А куда мы посадим наших пленников? — спросил он у Салима.

В ответ сзади раздался дружный смех.

— Мы никуда их не повезем, — пояснил Мурад, — как только узнаем, где они находятся, так сразу и передадим сообщение в ФСБ. А сами будем ждать, когда они появятся.

— Понятно. И второй вопрос. А если бандиты не захотят с нами разговаривать?

На этот раз все молчали. Он повернул голову — у всех были строгие суровые лица. Даже у Сабира.

— Если они нам ничего не расскажут, — продолжал настаивать Максуд. Салим смотрел вперед, управляя машиной и ничего не отвечая.

— Скажут, — за всех ответил Мурад, — они нам обязательно все скажут.

— Надеюсь, вы не собираетесь применять какие-то дикие средневековые пытки? — не унимался Максуд.

— Нет, — на этот раз ответил Салим, — никаких пыток. Мы их просто пристрелим, если они будут молчать. Расстреляем как врагов, захваченных на нашей территории с оружием в руках.

— Вы сошли с ума, — упавшим голосом произнес Максуд. — Я так и думал, что здесь будет какой-то неприятный подвох. Нет, так действовать нельзя. Нужно будет объяснить бандитам, что у них нет других возможностей. И рассказать сотрудникам ФСБ о том, кто именно нам помог.

Снова долгое молчание.

— Так и сделаем, — согласился Салим.

В Чиркее они были, когда часы показывали почти восемь утра. На краю города, рядом с небольшим сараем, находился дом сына Сеида, того самого врача, который извлек пули из тела Васифа. Они оставили свой внедорожник у него во дворе и вышли на дорогу, выстроившись цепочкой. Впереди шел Мурад, как самый опытный проводник. За ним Этибар, Сабир и Максуд. Салим шел последним, внимательно изучая окрестности, чтобы не попасть в засаду. Солнце уже поднималось над горами, становилось все теплее и теплее. Этибара освободили от всякого груза, выдав ему тяжелый ящик, и он, задыхаясь от напряжения, тащил этот груз.

— Далеко идти до вашей сторожки? — спросил через полчаса Максуд. Ему никогда не приходилось так далеко ходить.

— Не очень, — ответил Салим, идущий следом за ним, — я думаю, что мы будем даже раньше, чем предполагали.

— А если бандиты устроят засаду и перебьют нас, пока мы будем идти по этому склону? — спросил Максуд.

— Нет, — ответил Салим, — не получится. Мы идем в обход по дороге, которую знает только Мурад. Даже я не знаю этой дороги. Значит, если впереди будет засада, то только в том случае, когда нас предаст Мурад, муж моей сестры. А я думаю, что он нас не предаст.

— Нет, — согласился Максуд, — никогда не предаст. Он слишком любит твою сестру и своих детей.

Они продолжали движение. Салим передал свои вещи Этибару, забирая у него ящик. Солнце поднималось все выше. Идти становилось все труднее. Еще через час Мурад разрешил им немного передохнуть. Салим передал ящик Сабиру, забирая его вещи. Сабир приподнял ящик и покачал головой.

— С таким грузом невозможно ходить, — недовольно сказал он, — но попытаюсь. Если буду отставать, не обижайтесь, ящик слишком тяжелый.

— Ничего, — ответил Мурад, — у нас есть время.

Они расположились в тени небольшого горного склона. Жадно пили воду. Есть никому не хотелось.

— Сколько еще идти? — спросил Максуд.

— Не больше часа, — пояснил Мурад, — мы могли бы выйти быстрее и по более удобной дороге. Но там легко напороться на засаду. Один человек мог бы расстрелять нас всех пятерых. Поэтому я повел вас такой дальней дорогой. Зато этот путь никому, кроме меня, неизвестен.

— Лучше рискнуть и пойти нормальной дорогой, — пошутил Сабир, — хотя ты прав, Мурад, так надежнее.

Еще через двадцать минут они снова поднялись. Максуд чувствовал, как ботинки натирают ему ноги. Он уже с трудом передвигался, постоянно отставая от группы. Только сейчас он вспомнил, что носил сорок четвертый номер обуви, тогда как у Васифа всегда был сорок третий. И эта разница больно сказывалась на его ногах.

«Нужно было попросить другие ботинки, — с раздражением думал Максуд. — Хорошо еще, что куртка и брюки почти по размеру». И на голову он надел панаму, которую нашел в доме. Последний час оказался самым сложным. Он почти не мог двигаться, когда они начали подходить к этой сторожке. Мурад сделал знак, чтобы все оставались на своих местах, и пошел проверять полуразвалившийся дом. Он осторожно подобрался к нему, оглядываясь вокруг. Так же осторожно вошел в дом, осмотрелся, поднялся на чердак. Все внимательно осмотрел и, спустившись вниз, сделал знак остальным, чтобы поднимались в дом. Когда они добрались до сторожки, Максуд рухнул на какой-то стул без сил, проклиная тесные ботинки.

Сабир тоже был утомлен. Последние несколько сот метров он вообще не мог идти, и Салим снова забрал у него ящик. Этибар выглядел усталым, но пытался бодриться. Даже улыбаться. Только Мурад выглядел так, словно не совершал этого долгого перехода. Но он не нес ящика, находясь впереди всех, и поэтому мог позволить себе внимательно наблюдать по сторонам. Он запер двери, проверил окна, поднялся на чердак, словно все время опасаясь, что их могут застать врасплох. Затем обратился к Максуду:

— Идите наверх и внимательно наблюдайте за левым склоном. Оттуда могут появиться гости. Правый слишком крутой, там людям не удержаться.

— Ты считаешь, что из меня выйдет хороший наблюдатель? — устало спросил Максуд. — Пошлите лучше кого-нибудь помоложе, Этибара или Сабира.

— Нет, — вмешался Салим, — они будут нужны нам для других дел. Поднимайся и наблюдай. Не забывай, что у нас важное дело и ты должен меня слушаться. Даже несмотря на то, что ты мой старший брат. Здесь я командую...

— Ты говорил, что мы дойдем сюда к двум часам дня, — напомнил Сабир, обращаясь к Мураду, — или ты так ошибся?

— Нет. Мы пошли совсем другой дорогой, — пояснил Мурад, не вдаваясь в подробности.

— Но не более короткой, а даже более длинной, — настаивал Сабир, — тогда почему мы так быстро пришли?

— У нашего Мурада свои секреты, — снова вмешался Салим, — не беспокойся. Все нормально. Мы шли, как задумывали, и пришли туда, куда нужно. И вовремя. Поэтому не беспокойся.

Максуд заставил себя подняться, чтобы пройти к лестнице. Она была такой старой, что он испугался, как бы она не обрушилась у него под ногами. Еще не хватало травмы в этой дурацкой сторожке... Хотелось объяснить Салиму, что он ведет себя абсолютно недопустимо. В конце концов, Максуд намного старше всех присутствующих. И тем более Этибара, который годится ему в сыновья. А его посылают дежурить на этом чердаке, как будто нет более молодых людей. Нет, так нельзя. Ему здесь совсем некомфортно. Какой-то гнилой запах, очевидно, где-то преет материя. Он поморщился. Подошел к окну, глядя на левый склон. Конечно, там никого нет. Он снова посмотрел на этот безлюдный склон. Дурацкая затея с этой экспедицией. Но не идти было невозможно. Он дал слово покойному брату. И должен был сюда прийти и ради него, и ради самого себя. Если бы сегодня он остался дома, он бы перестал себя уважать. Нет, он сделал абсолютно правильно, что согласился выйти в этот невозможный поход. Но как у него болят ноги! Он сел прямо на пол и начал развязывать ботинки. Они так жмут, что он больше не выдержит. Нужно их снять. Он наклонился, развязывая шнурки, и неожиданно в лицо ему ударил солнечный зайчик. Максуд отвернулся. Откуда здесь солнечный зайчик, как будто там есть стекло или металл? Он стащил с себя правый ботинок и принялся за левый.

Опять солнечный зайчик... Он посмотрел в сторону левого склона. Там снова что-то блеснуло. Так. Это уже совсем неприятно. Что там может блестеть? Хотя разглядеть все равно невозможно. Отсюда до этого склона метров семьсот или восемьсот.

— Салим, — крикнул он вниз, — господин командир, можно вас на минуту.

Ему никто не ответил.

— Салим, — снова крикнул он, — где вы...

— Не кричи, — услышал он за спиной голос Салима, успевшего подняться наверх, — я тебя хорошо слышу. Скажи, что случилось?

— Пока ничего плохого. Но на левом склоне что-то блестит. Когда я наклоняюсь вниз, чтобы снять ботинки...

— А зачем ты снимаешь ботинки? Здесь не очень чисто.

— У меня болят ноги, — пояснил Максуд, — я натер мозоли. Обычно я ношу сорок четвертый размер. А у Васифа был сорок третий. Я просто забыл тебе об этом сказать.

— Нужно было вспомнить об этом еще утром, — недовольно заметил Салим, — покажи, где именно блестит.

— На левом склоне, как и говорил Мурад, — показал Максуд.

Салим достал бинокль. Посмотрел в сторону левого склона. Долго смотрел.

— Неужели там красивые картинки? — не удержался от иронии Максуд.

Салим убрал бинокль.

— Там бандиты, — сообщил он.

— Поздравляю, — сказал Максуд, — значит, мы их ждали совсем недолго. Минут пятнадцать, не больше. И вот они уже появились. У тебя был гениальный план, Салим, и я признаю твои командирские качества.

— Помолчи, — неожиданно попросил его Салим, снова поднеся бинокль к глазам. Он словно что-то считал.

— Тебе не кажется, что ты начинаешь вести себя непривычно грубо? — поинтересовался Максуд. — Мне кажется, что я тебя похвалил. Признаю твое стратегическое мышление. Сейчас они придут сюда, и мы их возьмем. А потом можешь вызывать свой спецназ, когда мы узнаем, где базируется банда. Правда, я категорически против...

— Замолчи, — резко оборвал его Салим, — в горах эхо разносится достаточно далеко.

— Можно было сказать это в более мягкой форме, а не хамить, — разозлился Максуд, — в конце концов, я почти на двадцать лет старше тебя и...

Салим бросился на него и, прикрывая рот, повалил на пол. Максуд изумленно дернул левой ногой, с которой он еще не снял ботинка.

— Тише, — шепотом попросил Салим, — они пришли за нами. Они уже на этом склоне.

— Сколько их человек? Двое или трое? — также шепотом спросил Максуд, решив, что свои претензии он выскажет потом.

— Все двадцать, — пояснил Салим, — вся банда сюда пришла, чтобы перебить нас.

Максуду понадобилась минута, чтобы осознать слова своего двоюродного брата. Он даже забыл о левом ботинке.

— Как это вся банда? — растерянно произнес он. — Почему они все пришли сюда?

— За нами, — повторил Салим, — только говори шепотом. И не кричи. Их там человек пятнадцать или двадцать, отсюда трудно сосчитать, но понятно, что там собралась вся банда.

— Но почему? — Максуд не испугался. Он впервые подумал, что они пошли не просто в обычный развлекательный поход. Они пошли

на войну и теперь получили эту войну, она в
нескольких сотнях метров от них.

— Они знали, что мы сюда придем, — сказал Салим, снова наблюдая за левым склоном, — но немного просчитались. Рассчитывали, что мы будем здесь только к двум часам
дня и они успеют устроить здесь засаду. А мы
появились гораздо раньше.

— Значит, они знали о том, что мы придем
сюда к двум часам дня, как мы и планировали.
Значит, нас подставили...

— Правильно, — Салим убрал бинокль, —
все так и должно было случиться. Только они
появились здесь слишком рано. Надевай свой
ботинок и продолжай за ними наблюдать. А я
спущусь вниз.

— Да, конечно. Только оставь мне этот бинокль, — попросил Максуд.

Салим протянул ему бинокль и, осторожно
ступая, пошел вниз по лестнице. Она так сильно скрипела. Салим спустился вниз.

— Что там случилось? — услышал Максуд
голос Сабира.

— Появились бандиты, — пояснил Салим.

— Значит, все в порядке, — весело сказал
Сабир, — остается подождать, пока они подойдут к нам... Захватим обоих мерзавцев.

— Их не меньше двадцати, — пояснил Салим.

Наступило неприятное молчание. Максуд понял, что они смотрят друг на друга.

— Я тебя предупреждал, — сказал непонятную фразу Мурад.

— Они думали, что мы выйдем сюда к двум часам дня, и появились заранее, чтобы устроить засаду, — пояснил Салим. — Понимаешь, что именно произошло, Сабир? Они узнали, сколько нас человек и когда мы здесь будем. А ведь мы обсуждали наш маршрут и время в пути только вчера вечером.

— Вчетвером, — растерянно согласился Сабир, — но тогда получается, что кто-то из нас сообщил бандитам о нашем плане. И они решили нас переиграть. И появились здесь заранее, чтобы устроить засаду уже на нас самих. Получается, что мы обманули сами себя и кто-то из нас четверых сдал наш план Нугзару и его бандитам.

Максуд замер. Он только сейчас наконец осознал, что именно происходит. Это было страшно и невозможно. Они были вчетвером. Кто предатель... Сам Салим? Но это чудовищное предположение. У него убили отца, и он никогда не предаст его память. Значит, кто-то из оставшихся двоих. Оба были не Намазовы. Сабир и Мурад. Врач Сабир, который прилетел из Волгограда и не знает здесь почти никого. И егерь Мурад, который знает всех. Который привел их сюда раньше времени. И который мог сообщить об их плане бандитам. Максуд вздрогнул от этой догадки. Мурад был предателем. Какой негодяй! Ведь его жена — родная сестра Салима. И у них есть дети. Теперь понятно, почему он вывез их именно в Баку. Он знал, что подставит всю семью под бандитов, получит свои деньги и останется в Баку. Он увез туда свою семью, чтобы его жена никогда не узнала о его чудовищном предательстве. Господи, неужели он мог решиться на такое! Теперь все понятно. Это он помогал убивать своего тестя, подставил Васифа. Какой негодяй! Максуд сжал кулаки. Он забыл про свою правую ногу без ботинка и готов был ринуться вниз, чтобы своими руками задушить предателя.

И в этот момент услышал спокойный голос Салима:

— Ты нас предал. Это ты сообщил бандитам, когда мы должны появиться в сторожке. Они знали, что мы будем здесь в два часа дня.

ГЛАВА 16

Максуд прислушался. Снова долгое молчание. И затем словно кто-то упал сверху вниз. Раздались крики драки, шум падающих тел, чье-то рычание. Было ясно, что человеку связывают руки и закрывают рот, чтобы он не кричал. Потом наступило молчание.

— Салим, — крикнул вниз Максуд, — если нужна моя помощь, я готов спуститься.

Ответом было молчание. Максуд достал пистолет, услышав чьи-то шаги на лестнице. И с ужасом увидел поднимающегося Мурада. Значит, он убил всех троих и теперь шел за ним. Максуд навел пистолет на поднимающегося предателя и нажал на курок. Но выстрела не было.

— Зачем? — спросил Мурад. — Что вы делаете Максуд-муэллим?

Именно такое обращение остановило Максуда. Человек, который идет его убивать, не станет обращаться к нему так уважительно. И снизу раздался приглушенный голос Салима:

— Не кричи, Максуд, они могут нас услышать. У нас все в порядке.

— Кого вы связали? — спросил Максуд, обращаясь к Мураду. — Я слышал, как вы дрались, слышал, как Салим назвал кого-то предателем. Или это Сабир?

— Ну что вы, Максуд Касумович, — укоризненно произнес Мурад, разве можно так плохо думать о своих родственниках. Если бы вы не забыли снять пистолет с предохранителя, я сейчас был бы трупом. Вы, наверное, решили, что это я предатель и привел вас нарочно сюда под пули и ножи бандитов.

— Мы должны были прийти сюда в два часа дня, как ты говорил, а появились в двенадцать, — напомнил Максуд, — и еще, только ты знал сюда дорогу.

— Правильно, — согласился Мурад, — поэтому я и повел вас по другому пути. И нарочно сказал, что мы будем здесь только в два. Чтобы мы могли попасть сюда гораздо раньше.

— Кто предатель? — спросил ничего не понимающий Максуд.

— Дайте мне бинокль и спускайтесь вниз, — предложил Мурад.

Максуд поспешил вниз, не обращая внимания на разутую правую ногу. В комнате на стуле сидел связанный Этибар. Рот у него был заклеен скотчем. Максуд изумленно посмотрел на молодого человека.

— Это он предатель, — Максуд не верил своим глазам.

— Его номер телефона тоже был записан в аппарате Галиба, — пояснил Салим, — мы и раньше его подозревали. Ведь нужно было точно знать, когда мой отец приедет в село, чтобы попытаться его схватить. Этибар выдал им моего отца, но схватить его они не смогли. Он начал сопротивляться, и тогда они его убили.

— Но ты ездил с ним за бандитами? — вспомнил Максуд.

— Правильно. Он сказал, что они поехали по верхней дороге. Они приехали убить меня, а не Васифа. Поэтому он так и сказал. Мы выехали вдвоем, и он точно указывал направление. Думаю, что Галиб устроил бы где-то впереди засаду. Но тут случайно попалась машина полиции, которая их задержала, проверяя документы. А когда появились мы, у Галиба сдали нервы, и он открыл стрельбу. Тогда его расстреляли полицейские, а Этибар оказался в роли моего помощника. Но мы уже давно его подозревали. Нужно было сделать так, чтобы собралась вся банда. Невозможно бегать по горам в поисках каждого бандита. Поэтому мы решили разыграть своеобразный спектакль. Все в селе знали, что я поехал в Москву, чтобы привезти тебя, и вызвал Сабира. Вместе с нами должны были поехать Васиф и Магомед, чтобы наш захват выглядел достаточно убедительным. Шесть человек, которые должны были схватить двух связных, появившихся в этой сторожке. Никто не думал, что Магомед будет ранен, а Васифа убьют. Они нанесли свой удар на несколько дней раньше нас. Но у нас уже все было готово. Этибар знал о наших планах, и мы нарочно включили его в состав группы. Он, конечно, сообщил о том, что к двум часам дня мы будем в этой сторожке. Но мы знали, что успеем к полудню. А они появятся примерно к часу дня. Хотя они появились уже в первом часу. Судя по количеству людей, Нугзар решил привести всю свою банду. Нам с самого начала не нужно было никого захватывать. Нужно было только собрать их всех вместе вот у этой сторожки. Сейчас мы позвоним в ФСБ, и через пятнадцать минут здесь будут штурмовые вертолеты.

Этибар дико вращал глазами, слушая откровения Салима.

— Такой молодой и такой подлый, — сказал с чувством ненависти Максуд.

— У него был единственный шанс выбиться, — сообщил Салим, глядя на связанного молодого человека. — Его мать появилась в нашем селе еще в начале девяностых. Никто не знал, от кого она его родила, а она сама не говорила. В школе он одевался хуже всех, и некоторые семьи часто помогали его маме и ему, делясь продуктами и одеждой, особенно в начале девяностых. Потом ему помогли устроиться на работу на почту и поступить на заочный юридический, куда он трижды не мог поступить. Но все-таки поступил, и тогда наш отец взял его к себе помощником. Говорил, что жалеет сироту и хочет сделать из него настоящего юриста, — Салим покачал головой. — Страдания и лишения не делают человека лучше. Они только озлобляют его. К этому времени он остался совсем один, умерла его мать. Хотя есть, конечно, люди, которые идут к звездам через тернии, но... Если мальчик растет без отца или девочка рано теряет родителей, то боль остается на всю жизнь. И не всем удается забыть это чувство боли и свои страдания в детстве.

— Ты говоришь так, словно пытаешься его оправдать, — зло пробормотал Максуд, — а ведь в его несчастьях мы не были виноваты.

— Есть такая современная пословица: «Если в детстве у вас не было велосипеда, а потом вы стали миллиардером и у вас появилось четыре «Мерседеса», то все равно у вас в детстве не было велосипеда», — с усмешкой проговорил Салим. — Ты ведь ученый, должен понимать смысл. А чувство благодарности — это чувство благородных людей, которое недоступно таким, как Этибар. Он в душе ненавидел нашего отца, который не брал взятки. Ведь другие судьи не только получали соответствующую мзду, но и неплохо кормили своих помощников и секретарей. А наш отец однажды поклялся на Коране, что никогда не будет брать деньги за свои судебные решения.

Салим нахмурился.

— Наверное, ты не слышал этой истории, когда я и моя сестра заболели корью и врачи сказали, что у нас нет шансов. Тогда отец поклялся на Коране, что перестанет брать деньги с клиентов и будет всю оставшуюся жизнь честным человеком. Быть честным судьей на Кавказе — это почти невозможно. Отцу это удалось. Но его вызывающая манера работы раздражала и его коллег, и его руководство, и его помощника, которые считали судью Намазова фарисеем и лицемером, не понимая мотивов его поведения.

Этибар сдал нашего отца бандитам, получив свои деньги. И наверняка получил еще больше, когда подставил нас всех под банду Нугзара.

Он закончил говорить и посмотрел на молодого человека. Тот сразу как-то обмяк, успокоился, отвел глаза. Все сказанное Салимом было правдой, и Этибар знал это лучше других. Салим, достав телефон, набирал известный ему номер.

— Петр Савельевич, — сообщил он, — у нас все в порядке. Гости собрались и ждут вашего прилета. Да, все здесь, у дома. Спасибо.

Салим убрал телефон в карман.

— Будут через пятнадцать минут, — вздохнул он, — а ты наверняка считал меня чуть ли не полоумным мстителем, готовым ради кровавой мести искать в одиночку Нугзара и его родственников.

— Да, — кивнул Максуд, — именно так я и думал. Но ты оказался гораздо умнее и способнее. Хотя мне неприятно сознавать, что меня и Сабира ты просто использовал в качестве наживки для бандитов.

— Иначе нам бы не поверили. Нужно было собрать всех наших родственников, — пояснил Салим. — Это был самый сильный раздражитель для Нугзара. Ведь он должен был поверить в нашу засаду и привести сюда всю свою банду, чтобы покончить с нами навсегда.

— Сейчас у него будет такая возможность, — сказал сверху Мурад, — кажется, они двигаются к нам. Минут через пять или шесть будут у сторожки.

— Ты переиграл сам себя, — недовольно заметил Максуд, — ведь вертолеты прилетят только через пятнадцать минут.

— Ничего, — улыбнулся Салим, — у нас есть волшебный ящик, который мы тащили по этим склонам. Оцени нашу любезность, что тебе мы его не давали, учитывая твой возраст и комплекцию. Там гранаты. Если учесть, что мы на вершине горы, а им нужно сюда карабкаться, то гранаты становятся просто страшным оружием в руках того, кто находится наверху.

— Похоже, ты все предусмотрел.

— Не все, — очень серьезно ответил Салим, — я не предусмотрел смерти Васифа. И за это буду укорять себя всю оставшуюся жизнь. Как там дела, Мурад?

— Ужасно хочется выстрелить, — признался Мурад, — они у меня на прицеле.

— Нет, — возразил Салим, — еще рано. Пусть поднимаются по склону. Если сейчас начнешь стрелять, они поймут, что мы оказались здесь раньше. И могут отсюда уйти. Нам нужно, чтобы они поднялись как можно выше. Когда подойдут метров на сто, тогда и стреляй. Но не раньше.

— Хорошо, — согласился Мурад, — но учти, что это опасно. Они тоже могут стрелять. Лучше не подпускать их ближе, чем на триста метров.

— Двести, — крикнул Салим, — и не торгуйся.

— Хорошо, — рассмеялся Мурад.

— Что мы должны делать? — спросил Сабир.

— Ничего. Взять оружие и дежурить у дверей, чтобы сюда никто не ворвался, — пояснил Салим, — пока мы будем наверху с нашим волшебным ящиком.

— А с ним что делать? — повернулся к связанному молодому человеку Сабир.

— Сдадим в ФСБ, — решил Салим, — хотя ему все равно много не дадут. Он ведь только предавал, а за предательство всегда хорошо платят, но не всегда наказывают по справедливости. Он никого не убивал. Только предавал, — Салим махнул рукой. Он забрал тяжелый ящик, поднимаясь наверх, на чердак.

Сабир взял свое ружье, подходя к окну. Осторожно посмотрел. Отсюда уже были видны бандиты, карабкающиеся по склону. У двоих за плечами были гранатометы.

— Мурад, — крикнул Сабир, — у двоих гранатометы.

— Вижу, — ответил Мурад, — буду снимать их первыми, чтобы не сумели применить свое оружие. Только вы тоже будьте осторожнее. Кто-то из них может успеть выстрелить.

— Мы поняли, — ответил Сабир.

Максуд поднял свой пистолет.

— Ты не снял с предохранителя, — напомнил, улыбаясь Сабир.

Максуд сделал все, что нужно.

— Спасибо, — кивнул он, — не думал, что буду с тобой участвовать в настоящем бою. Это в наше время, когда уже прошло столько лет в двадцать первом веке.

— Мы были мальчиками, — вспомнил Сабир, — и все время считали, сколько лет осталось до двухтысячного года. Гадали, каким он будет. Придумывали разные фантастические проекты.

— Мы тоже, — вспомнил Максуд, — все загадывали, каким будет век двадцать первый. И вообще это таинственное число с тремя нулями, когда начинался новый год, новый век и новое тысячелетие. Тогда, в конце шестидесятых и в начале семидесятых, две страны соревновались в освоении космоса: американцы высадились на Луне, наши начали создавать орбитальные станции. Потом полет «Союз-Аполлон». Были даже такие сигареты. Казалось, что наступает новая эра и уже в двадцать первом веке мы будем на Марсе и других планетах. Но все получилось совсем иначе. И двадцать первый век начался не с праздника тысячелетия, а с одиннадцатого сентября первого года, когда взорвали и сожгли две башни торгового центра. И мы все тогда поняли, что мир совсем не изменился. Он остался таким же несовершенным, каким был в семнадцатом, восемнадцатом, девятнадцатом и самом кровавом двадцатом веке. Что-то мне подсказывает, что двадцать первый век превзойдет по потокам крови и насилия век двадцатый.

Он посмотрел на пистолет, который держал в руке.

— Я ведь занимаюсь проблемами современного оружия, — добавил Максуд, — хотя сам не умею даже стрелять. Но сколько уже крови пролилось в этом веке. Африканские войны. Вторжение в Ирак и Афганистан, террор в

России, где были захваты на Дубровке и в Беслане, взрывы самолетов и аэропортов, автобусов и станций метро. Появились какие-то странные уроды-террористы, которые взрывают людей просто так, из варварски-любознательных целей, когда у них нет никаких явных мотивов или предпочтений, как в минском метро. Даже война России с Грузией. Интересно, как бы среагировал Сталин, если бы ему кто-то сказал, что в двадцать первом веке Россия будет воевать с Грузией. Наверняка он бы не поверил. Да и никто в мире бы не поверил.

— Они приближаются, — предупредил Сабир, выглядывая из окна, — сколько метров осталось? По-моему, уже триста. И их не двадцать, а человек двадцать пять.

— Растут ряды «борцов за справедливость», — зло произнес Максуд, — вот они и идут за нашими головами. Такие, как Этибар. Молодые волки. Все правильно. Не могут найти себя в нормальной жизни. Без работы, без денег, без будущего. А здесь все понятно и просто. Уходи в горы, возьми оружие и добивайся силой всего, о чем ты мечтаешь. Удобно и просто.

Раздался выстрел, и первый гранатометчик покатился вниз по склону горы. Все бандиты остановились, не понимая откуда прозвучал выстрел. Второй выстрел из снайперской винтовки свалил второго гранатометчика, который упал прямо под ноги своим товарищам. Наконец нападавшие поняли, что стреляют в них из сторожки, и сразу двадцать с лишним автоматов и пулеметов загрохотали в ответ... Некоторые пули пробивали стены сторожки. Максуд и Сабир упали на пол. Пули продолжали пробивать стены.

— Напрасно мы их так близко подпустили, — недовольно заметил Максуд, — одна из пуль едва не попала в его палец, ударившись в сантиметре. — Почему вы не стреляете, — крикнул Максуд наверх, — что у вас там происходит?

— Нормально, — услышал он голос Салима, — пока лежим на полу. Пусть немного постреляют, а потом мы немного поработаем.

Выстрелы со склона немного стихли; очевидно, разрядив первые рожки, бандиты начали перезаряжать оружие. И в этот момент раздался первый взрыв, затем второй, третий, четвертый, словно по склону горы била горная артиллерия. Это взрывались гранаты, которые бросал сверху Салим, даже не поднимая головы. Все гранаты скатывались по склону и взрывались среди столпившихся бандитов.

Нападавшие растерялись. Стоявший чуть ниже остальных Нугзар приказал двоим самым умелым скалолазам обогнуть склон и ворваться в дом с другой стороны. Один из них был его младший брат. Пятая граната полетела вниз и взорвалась там, уже никого не ранив. Шестая вообще улетела на другую сторону склона.

Максуд и Сабир ничего не делали, продолжая лежать, когда снова обрушился град пуль. Одна из пуль попала в ногу Сабиру, и он вскрикнул.

— Что у вас? — услышал крик Сабира Салим. — Все в порядке?

— Какой, к черту, порядок! — заорал Максуд. — Сабира ранили. Если через минуту не появятся вертолеты, то нас изрешетят...

Он не успел договорить, когда дверь отлетела, и в дом ворвались двое бандитов, которые обошли его по отлогому склону. Один из них сразу выстрелил в Максуда. Он почувствовал удар в левое плечо, но, подняв пистолет, выстрелил в нападавшего... Тот схватился за живот и с диким криком упал на пол. Второй дал длинную очередь, попав в связанного Этибара. Максуд метнулся к окну, и Этибар оказался на линии огня между ним и вторым бандитом. Максуд с удивлением и злостью узнал в этом ворвавшемся в дом бандите Эльдара, младшего брата Нугзара. В этот момент Сабир выстрелил в Эльдара и попал ему в бок. Рана, очевидно, была несмертельной, но Эльдар выпустил из рук автомат, хватаясь за бок. И в этот момент увидел лежащий карабин. Он схватил его, бормоча проклятие и сделав два шага по направлению к приподнявшему голову Сабиру. Между ними было расстояние в несколько метров. И Эльдар хладнокровно прицелился прямо в голову несчастному Сабиру.

«Это тот карабин, с которым Мурад ходил на медведя, — с ужасом вспомнил Максуд, — он сказал, что выстрел из него может свалить слона».

Дальше все было словно в замедленном сне. Бандит прицелился и выстрелил прямо в Сабира. Максуд замер от ужаса. Сегодня его сестра останется вдовой. Но выстрела не было. Эльдар нажал второй раз на курок, но выстрела снова не получилось. Не понимая, что происходит, бандит обернулся, чтобы найти свой автомат, когда опомнившийся Максуд начал стрелять. Он разрядил в этого убийцу всю обойму, продолжая нажимать на курок, когда патроны уже закончились.

Сабир открыл глаза...

— Почему он не выстрелил? — спросил он.

— Он пытался, — недовольно сказал Максуд, — два раза нажимал на курок. Но оба раза получилась осечка. Похоже, что этот хваленый карабин ничего не стоит. Тебе просто невероятно повезло.

— А кто его завалил? — спросил все еще не пришедший в себя Сабир.

— Я, — почти горделиво сообщил Максуд, — кажется, я спас тебе жизнь и не позволил этому типу сделать мою сестру вдовой.

— Спасибо, — кивнул Сабир, — но, по-моему, тебя ранили. У тебя на левом плече большое пятно.

Максуд посмотрел на себя и только тогда вспомнил, что в него попали. И почувствовал боль.

— Вы живы? — крикнул Салим. Он бросил последние две гранаты.

— Пока да, — разозлился Максуд, — у тебя был дурацкий план. Еще минута, и они нас перестреляют. Мы оба ранены...

— У них нет этой минуты, — закричал Салим, — вертолеты уже здесь. Все закончилось.

Были слышны крики бандитов и рокот подлетевших вертолетов.

— Мурад, — вспомнив о карабине, прокричал Максуд, — почему твой карабин два раза не выстрелил? Дал осечку. Он у тебя плохо работает? Как можно охотиться с таким оружием?

— Он работает прекрасно, — радостно сообщил Мурад, — но ты забыл, что я вручил его Этибару. Мы ведь подозревали, что именно он предатель. И поэтому... Из карабина невозможно стрелять, он сейчас небоеспособен.

Максуд и Сабир улыбнулись друг другу. Вертолеты разворачивались для нанесения огневых ударов.

ГЛАВА 17

Два вертолета с тяжелыми пулеметами против горстки раненых, растерянных и ничего не понимающих бандитов, которые представляли такую удобную мишень на склоне горы. Спуститься вниз не было никакой возможности, даже скатиться вниз было бы достаточно сложно. Подниматься наверх было поздно. Пулеметы буквально разорвали всех оставшихся бандитов. Пленных не брали, вертолетчики получили такой приказ. Уже немного позже на склоне горы найдут тело Нугзара и еще одного родственника, которые были расстреляны из пулеметов. В Нугзара попало сразу три пули, но лицо не пострадало и поэтому его сразу опознали.

В руку Мурада попала пуля, и его увезли на вертолете в больницу.

У Сабира и Максуда были более легкие ранения, хотя им требовалась перевязка. Их отправили в больницу в Чиркее, где наложили повязки. У Сабира пуля прошла по касательной, вырвав кусок мяса с кожей, а у Максуда пуля пробила плечо...

Вечером они возвращались домой. Тело Этибара забрали офицеры ФСБ. Поздно вечером всех четверых родственников привезли домой. У дома уже стоял отец. Старый Касум молча смотрел, как из машины выходят его родные. Сначала Максуд с перевязанным плечом, затем Сабир, опираясь на костыли, за ним Мурад с перевязанной рукой и Салим, у которого ни одного ранения, но он весь был в царапинах и ссадинах от летевших в него со всех сторон кусков камней.... Все четверо замерли, увидев Касума, который молча смотрел на них. Из дома осторожно, словно опасаясь увидеть нечто дурное, начали выходить женщины. Они не верили своим глазам, словно мужчины вернулись с фронта. Максуд увидел свою мать, сестру, тетю, Халиду, других женщин. Четверо мужчин стояли как герои, вернувшиеся с трудного задания.

Халида первая шагнула к ним. Подошла к каждому из них и, обнимая по очереди, поцеловала. Они уже знали, что произошло в сторожке. Там перебили всю банду Нугзара. Никто не ушел живым. Халида целовала каждого из своих родственников и, не стесняясь, плакала. К Максуду она тоже подошла.

— Я рассказала сыну, что его отца убили, — сообщила она, — и сказала, что братья отца поехали в горы отомстить за него. Спасибо, что вы это сделали. И спасибо, что вернулись живыми.

Максуд мрачно молчал. Тяжело ступая, он подошел к отцу.

— Это был план Салима, — сообщил он отцу, — я даже ничего не знал.

— Когда ты уезжал в Москву больше тридцати лет назад, я не хотел тебя отпускать, — неожиданно произнес отец, — но твоя мать настояла, что тебе нужно учиться. Потом ты остался там, стал профессором, доктором наук, женился и почти не появлялся у себя на родине. Я не хотел тебе этого говорить. Но мне всегда тебя не хватало. Очень не хватало, Максуд. И я считал, что потерял тебя тогда, когда тридцать лет назад разрешил уехать. Я понимал, что ты занят интересной работой, у тебя большие перспективы. Но считал, что потерял тебя. Мне так не хватало моего старшего сына. А сейчас я понимаю, что не потерял. Ты снова вернулся к нам. — Касум обнял сына и первый раз в жизни заплакал. Он не плакал, даже когда хоронили Васифа, когда младшего сына убили у него на глазах. Но сейчас он беззвучно плакал и не стеснялся своих слез.

— Папа, — сказал Максуд, видя, что на них смотрят окружающие, — папа, я ничего не сделал. Я только помогал...

— Это неправда, — громко сказал Сабир, — он спас мне жизнь. И помог всем нам. А еще он лично убил двоих бандитов, один из которых был младшим братом Нугзара, который и стрелял в уважаемого Кадыра-муэллима. Теперь больше никто не придет требовать новой порции крови. Ваша вековая вражда навсегда закончилось.

Максуд прошел в дом. В этот момент позвонил его телефон. Он с трудом достал аппарат. Увидел номер и улыбнулся. Это была Майя.

— Извини, что я тебя беспокою, — начала она, — но вчера ты не звонил, и сегодня тоже не было звонков. А я волнуюсь, как там у тебя дела. Меня особенно испугало известие об убийстве твоего брата. Неужели все так серьезно?

— Уже все закончилось, — сообщил он, — убийцу нашли и наказали. Скоро будет суд, — соврал Максуд, — поэтому ты не беспокойся. Я прилечу через два или три дня.

— Возвращайся, — попросила Майя, — мне без тебя очень плохо.

— А мне без тебя, — сказал он.

Плечо начало болеть сильнее. Постепенно исчезал эффект обезболивающего укола, который ему сделали сегодня днем.

— Нужно принять антибиотики, — предупредил Сабир, — мы похожи на компанию каких-то ярмарочных хулиганов.

Все четверо уселись за столом, глядя друг на друга. Сюда больше никто не входил, даже женщины.

— У тебя был самый дурацкий план, какой только можно было придумать, — недовольно заявил Максуд. — Мало того что ты подло подставил меня и Сабира, использовав, как наживку для бандитов, ты еще и не рассчитал правильно время. Нужно было заранее вызывать вертолеты и не экспериментировать с вашими гранатами.

— А если бы они не пришли? — возразил Салим. — Или опоздали? А увидев вертолеты, легко бы ушли куда-нибудь под защиту горных склонов. И мы бы снова их искали. Убийство Васифа выбило меня из нормальной колеи, и я уже не мог разумно рассуждать. А когда увидел на телефоне номер Этибара, то понял, кто и как нас предавал. Вместе с нашим участковым.

— Что случилось с участковым? Его застрелили или он сам застрелился? — спросил Максуд, обращаясь к Мураду.

— Я ничего не видел, — признался тот, морщась от боли. — Они вошли в его кабинет все трое. А потом раздался выстрел. Вполне вероятно, что они его пристрелили, чтобы он ничего не мог рассказать.

— Думаешь, что они связаны с бандитами?

— Нет, — ответил Мурад, — не думаю. Зачем делить деньги на столько офицеров? Но оба прекрасно понимали, что Абдулкерим может рассказать много ненужного и неприятного. А его арест станет точкой в карьере Мустафы Магомедова и не позволит получить приличную пенсию нашему начальнику полиции.

— Боюсь, что они просчитались, — усмехнулся Салим, — об этом странном самоубийстве уже знают и в нашем Министерстве внутренних дел, и в областном управлении ФСБ. Поэтому карьеры у обоих не будет. Скорее всего, выгонят из полиции. Хотя я совсем не жалею этого гниду — нашего участкового. Всегда неприятно, когда предателем оказывается кто-то из своих, кому хочешь верить и доверять. Если бы не они, то я сам бы его пристрелил. Хотя и понимал, что этого делать нельзя.

— Ты ведь хотел, чтобы Нугзара и его по- дельников арестовали, — вспомнил Максуд, — и тогда ты бы, используя свои связи, начал мстить. План был противозаконный.

— Нет, — улыбнулся Салим, — это я гово- рил нарочно, чтобы вы до конца ничего не знали о моем настоящем плане и вели себя со- ответствующе. Я точно знал, что Нугзар и его компания никогда не попадут в тюрьму. Во- первых, это не те люди, которые могли добро- вольно сдаться. На них было слишком много грехов. А во-вторых, на этом склоне было про- сто невозможно держаться. Самая неудобная позиция в мире, какую только можно было придумать. Нужно карабкаться вверх под на- шими гранатами и выстрелами, либо катиться вниз под пулеметным огнем из вертолетов. Я знал точно, что если нам удастся выманить банду, то они живыми не уйдут. Так все и по- лучилось.

— Нужно было только собрать всех, чтобы нам поверил Нугзар, — добавил Мурад, — из- за одного или двух представителей нашей се- мьи, он бы не послал всю банду. Поэтому Са- лим собирал нас по городам, чтобы об этом обязательно узнали бандиты. Ведь тогда у Нугзара появлялся уникальный шанс одним махом покончить со всеми нами. И он попал- ся на эту удочку. Невольно сам, спровоцировав собственный обман. Он решил, что после убийства Васифа мы будем стремиться ему отомстить. Нужно было только сделать так, чтобы он узнал об этом от человека, которому безусловно доверял. После убийства Кадыра-муэллима он доверял Этибару, и когда мы решили включить его в нашу группу, перестал сомневаться. Вот так они и попались в собственную ловушку.

— Нам все равно очень повезло, — вспомнил Сабир. — Карабин не выстрелил, наши гранаты разорвались там, где нужно. Во всяком случае, первые из них. Бандиты не успели выстрелить из своих гранатометов, повезло и в том, что пуля пробила Максуду плечо, а не попала в сердце. У меня вообще смешное ранение, хотя шрам останется на всю жизнь. А рука у Мурада заживет, как и ссадины у Салима. Если бы мы могли уберечь Васифа, все было бы прекрасно. Но в жизни так не бывает.

Все четверо улыбались друг другу. Ночью Максуд почувствовал сильную боль, но заставил себя не вставать с кровати. Утром Сабир сделал ему укол, пояснив, что антибиотики и уколы нужно продолжать. Они собрались на завтрак за большим столом.

— Я первый профессор в нашем институте, который появится там в таком ужасном виде, — признался Максуд. — А если узнают, что я собственноручно убил двух бандитов... В жизни не думал, что смогу выстрелить в живого человека. Даже не представлял. Я до сих пор стрелять не умею. А тут сразу двоих.

— Это война, — в который раз повторил Салим, — и здесь своя нравственность и своя справедливость. Я все время думаю об этих двоих предателях. Все-таки Аллах справедлив, даже когда мы в него не очень верим. Ведь участкового заставили покончить с собой или вообще его пристрелили — собственные коллеги. Представляю, как он боялся в последнюю секунду своей жизни. А Этибара убили те самые бандиты, на которых он работал. Причем стрелял именно тот, кому Этибар помог убить моего отца. Значит, есть какая-то высшая справедливость.

— У Борхеса есть такой неплохой этюд, — вспомнил Максуд. — Он считает, что все верящие в Бога должны сознавать, что именно Он есть высший Разум и высшая Воля, создававшая свет и мир.

— Правильно, — согласился Мурад, — каждый верующий принимает Аллаха в качестве создателя света и мира.

— Тогда получается, что Бог создал все, — продолжал Максуд, — в том числе и Дьявола. Ведь Дьявол не мог появиться из ниоткуда.

Его тоже создал Бог, и если вы верующий человек, то просто обязаны в это поверить.

— И как Борхес решает эту дилемму? — заинтересованно спросил Сабир. — Для чего тогда Бог создал Дьявола?

— Он считает, что Дьявол был создан намеренно, — пояснил Максуд, — чтобы человек имел право выбора. Кого он больше принимает. Бога или Дьявола? Свет или тьму? Говорят, что каждый человек ежедневно лжет по нескольку раз. Значит, несколько раз в день он выступает на стороне тьмы. А хочет стремиться к свету. Вот вам и решение дилеммы. Бог дал вам право выбора, но выбирайте правильно, и тогда все будет нормально.

— Забавно, — согласился Салим, — ты сможешь приехать к нам на сорок дней своего брата?

— Это даже не обсуждается, — сказал Максуд, — приеду обязательно.

Он увидел взгляд отца, который кивнул ему, ничего больше не спросив. Их поход в горы уже оброс различными небылицами и мифами. Теперь многие соседи рассказывали, как они вчетвером перебили всю банду Нугзара, в которой было то ли сто, то ли двести бандитов. Причем вертолеты, гранаты и пушки были у бандитов. А великолепная пятерка сражалась только со своими ружьями. Подробности смерти Этибара никто так и не узнал, а Намазовы не стали выдавать этой тайны. В конце концов, молодой человек так нелепо и трагически погиб, что его следовало даже пожалеть. А вся его жизнь была одной сплошной неудачей.

Начальника полиции Ибрагима Юсупджанова сняли с работы и уволили ровно через три месяца. Говорят, что он очень сильно переживал и даже начал выпивать, что привело к циррозу печени и его преждевременной смерти через четыре года.

Его заместитель Мустафа Магомедов был переведен на работу в колонию-поселение рядом с Дербентом, откуда тоже вскоре был уволен. Однако он сумел найти себя в мирной жизни... Магомедов стал организатором различных культурных мероприятий, организовывая приезд артистов на свадьбы и праздничные мероприятия. Говорили даже, что он разбогател и второй раз женился.

Салима вскоре избрали судьей в Махачкале. Про него говорили, что он самый принципиальный и честный судья в республике. Возможно, что это было преувеличением. Он женился на внучке врача Сеида и в течение восьми лет они произвели на свет четверых мальчиков.

Мурад остался егерем. Он привез обратно свою семью из Баку и построил большой новый дом рядом со старым домом семьи Намазовых, куда вернулся Талат со своей семьей, старшей сестрой Салима.

Сабир стал главным врачом в городской больнице Волгограда. Защитил диссертацию и стал кандидатом медицинских наук. Шрам на ноге у него остался на всю жизнь, хотя он не любил никому его показывать.

Фазиль, сын Васифа, после окончания школы, которую он окончил с золотой медалью, поехал в Москву, где выбрал профессию физика, как и его знаменитый дядя. Говорили, что Максуд Касумович гордится успехами своего молодого племянника, которому он фактически заменил отца. Халида так никогда и не вышла замуж, оставшись в семье Намазовых и вместе со своей свекровью и свекром воспитывая троих детей.

Но самой интересной была история Максуда Намазова, который вернулся в Москву через три дня после происшедших событий. Вернулся совсем другим человеком. Впрочем, это отдельная история.

ЭПИЛОГ

$\mathbf{M}$аксуд вышел из аэропорта, посмотрев на небо. Несмотря на летнюю теплую погоду, накрапывал дождик. Водитель, забрав чемодан, положил его в багажник. Его несколько смущал вид заместителя директора, который приехал с перевязанной левой рукой и левым плечом. Максуд попросил отвезти его домой. Уже когда машина тронулась, он позвонил Ларисе.

— Добрый вечер, — сказал он супруге, — я уже прилетел.

— Слава богу, — ядовито произнесла она, — уже похоронил наконец своего дядю. Надеюсь, что там все было в порядке.

— Не совсем, — сказал он, — не совсем. Ты не звонила, а я не хотел тебе звонить принципиально. Они ждали, что ты хотя бы позвонишь и выразишь им свои соболезнования.

— Я их сто лет не видела, — огрызнулась Лариса. — Ты совсем сошел с ума, Намазов, что это с тобой, почему я должна была им звонить?

— Помолчи и послушай меня, — жестко произнес Максуд. — Я тебе уже миллион раз говорил, чтобы ты не называла меня по фамилии. Это первое. Во-вторых, я подаю на развод. И квартиру мы будем не ремонтировать, а делить на том основании, что я в ней жил уже больше двадцати лет. И наконец, в-третьих. Когда я был в Дагестане — убили моего младшего брата. Если бы тебе было интересно, ты хотя бы один раз позвонила узнать, как я себя чувствую. И наконец, в четвертых — меня тяжело ранили, но я живой и завтра выйду на работу. До свидания.

Она собиралась что-то сказать, но он уже отключил телефон. И приказал водителю повернуть машину к дому Майи. Но сначала он позвонил ей, предупредив о том, что едет. По дороге купил большой букет цветов и, поднимаясь по лестнице, сжимал этот букет в здоровой руке. Водитель поднимал за ним чемодан, уже ничему не удивляясь. Он слышал, что именно сказал Максуд своей супруге. Майя встретила его криками радости и плачем. Она испугалась, увидев его перевязанное плечо и руку.

Когда утром Максуд включил телефон, он обнаружил больше двадцати звонков своей жены и почти столько же звонков своего тестя. Усмехнувшись, вызвал машину и поехал на работу.

И первым делом зашел в кабинет к Реутову.

— Здравствуйте, Максуд Касумович, — изумленно произнес директор, — вы приехали к нам в таком виде. Что у вас там произошло?

— Там убили моего дядю, и я поехал на похороны, — сообщил Намазов, — а на поминках по дяде застрелили моего младшего брата.

— Что? — изумленно спросил Илья Денисович. — Что вы такое говорите?

— Рассказываю вам то, что там было, — продолжал Намазов, — после этого мы с родственниками создали отряд и поехали на поиски банды. Мы ее нашли и всю уничтожили. Я лично застрелил двоих бандитов, если это вам интересно. И меня ранили. Но не очень сильно. И работать я вполне могу. Мне хотелось сообщить вам эти новости, чтобы вы поняли, почему я опоздал и почему вообще у вас отпрашивался.

— Да, конечно, — растерялся Реутов, — я понимаю... понимаю. Но как вы, доктор наук, профессор, заместитель директора по науке и... стреляли в людей, убивали бандитов? Как это возможно?

— Застенчивое свойство крови, — пояснил с улыбкой Максуд, — я сам не подозревал, насколько сильно это чувство.

Он пошел к выходу. Затем неожиданно остановился и обернулся к Реутову.

— Хочу сообщить вам, что мы с Альтманом выставляем свои кандидатуры на выборах в академию. В качестве членов-корреспондентов. Мне хотелось, чтобы вы об этом узнали от меня. До свидания.

Максуд спустился в лабораторию, где его ждали Леонид Альтман и аспиранты. Они были в восторге от самого вида своего профессора и его рассказов о ликвидации банды. Днем в институт приехал Зайцев. Впервые в жизни Максуд не перезвонил ему, несмотря на его звонки.

— Что произошло? — спросил Вениамин Платонович. — Ты не отвечаешь не только на звонки своей супруги, но и на мои звонки? Лариса плачет и говорит, что ты ее оскорбил. И потребовал развода. Почему? Что произошло?

— Надоело, — признался Намазов спокойно. Он был рад, что может наконец сказать то, о чем мечтал почти четверть века. — Вся эти постоянные скандалы, ссоры, упреки. Я меня появилась новая подруга, к которой я собираюсь уйти, — гордо объявил он.

Зайцев нахмурился. Покачал головой.

— Это ранение так на тебя подействовало? Ты очень изменился.

— Я тоже так думаю, — согласился Максуд, — хочу сообщить вам, что в Дагестане убили моего младшего брата. Вместе с родственниками мы создали отряд самообороны, нашли оружие и перебили всю банду. При этом ваш покорный слуга лично застрелил двоих бандитов и получил это ранение. У вас есть еще какие-нибудь вопросы?

— Нет, — изумленно произнес Зайцев, — а ты разве умеешь стрелять?

— Все кавказские мужчины умеют стрелять, — заявил Максуд, даже не моргнув, — и еще кавказские мужчины терпеть не могут, когда их вечно упрекают, ругают и унижают. Рано или поздно это должно было закончиться. Я решил поставить точку.

— Подожди, — попросил Зайцев, — если это из-за квартиры, то не нужно торопиться. Мы купим молодым другую квартиру. Там все будет нормально. Ты можешь оставаться и жить в своей квартире сколько хочешь.

— Нет, — гордо возразил Максуд, — мы ее разменяем и поделим. Так будет справедливо.

— Что с тобой происходит? — не выдержал Вениамин Платонович, ты как будто съехал с катушек.

— Так и есть. Я стал другим человеком. Хочу заметить, что изменился в лучшую сторону. На следующих выборах в академию будут обсуждать наши с Альтманом кандидатуры на выдвижение в члены-корреспонденты, — добавил Намазов.

— Я уже слышал, — кивнул Зайцев, — но почему в паре с этим евреем? Это вызовет нехороший резонанс.

— Во-первых, он мой самый большой друг, — пояснил Максуд, — а во-вторых, умный еврей, который давно должен был стать академиком.

— Если будешь так говорить, то он действительно станет академиком, а ты останешься обычным профессором, — зло заметил Вениамин Платонович.

— И это будет справедливо, — улыбнулся Намазов.

— Теперь я понимаю. Это твоя рана сделала тебя таким развязным и наглым. Наверное, слишком много уколов, — покачал головой Зайцев. — Ничего. Это пройдет.

— Никогда не пройдет, — торжественно заявил Максуд. — Ладно. Не будем делить квартиру. Я заберу свои вещи и навсегда оттуда съеду. Ведь она была вашей, и вы подарили ее своей дочери. Пусть квартира останется в вашей семье. Мне ничего не нужно.

— Ты собираешься бросить свою жену накануне свадьбы своей дочери? — разозлился Зайцев. — Ты совсем сошел с ума?

— Нет. Я только сейчас стал абсолютно нормальным человеком. Если моей дочери нужен отец на свадьбе, то она мне об этом скажет сама. А если не нужен, то меня там не будет.

Вениамин Платонович развел руками и медленно пошел к выходу. Уже у дверей обернулся.

— Наверное, ты просто влюбился, — предположил он, — нашел себе молодую аспирантку и влюбился. Так иногда бывает с мужчинами после сорока. У меня тоже так было. Но я успокоился и остался в семье.

— Нет, — радостно заявил Намазов, — я ухожу не потому, что влюбился. Хотя вы абсолютно правы, я действительно влюбился. Но я ухожу потому, что не хочу и не могу жить с вашей дочерью. И не собираюсь с ней жить больше ни одного дня.

Зайцев вышел из кабинета, хлопнув дверью. Он позвонил дочери.

— Твой муж окончательно свихнулся, — сказал он, — видимо, ему там сильно досталось. Он договорился до того, что собирается разводиться прямо сейчас и вообще отказывается от вашей квартиры. Сказал, что ему ничего не нужно. Он влюбился и хочет от тебя уйти.

— Я ему покажу, — зло произнесла Лариса, — мы еще с ним будем судиться. Пока суд нас не разведет.

— Дура, — разозлился отец, — какой суд? Он бывает только в тех случаях, когда у вас несовершеннолетние дети. Или есть имущественные споры. Арина уже давно совершеннолетняя, а квартиру и все имущество он оставляет тебе. Какой суд в этом случае?

Лариса перезвонила мужу.

— Ты что себе позволяешь? — закричала она. — Что ты вытворяешь? У моего отца больное сердце, диабет. Что ты ему наговорил? Тебе не нужна наша квартира? Очень хорошо. Уберешься ночевать на улицу, на вокзал, к своему другу Альтману, которого ты любишь больше своей единственной дочери. Я не дам тебе развода.

— Делай что хочешь, — радостно заявил Максуд, — я просто от тебя ухожу. Прощай.

— Я напишу жалобу в академию, в министерство, — нервно произнесла она. — Тебя никуда не выберут. Выгонят с работы за аморалку.

— Какая аморалка? — рассмеялся он. — Наш президент недавно развелся. Почему мне нельзя разводиться? Я ведь не президент.

— Ты негодяй, который погубил мою жизнь, — со злостью произнесла Лариса.

— Это я уже слышал много раз. Передай Арине, чтобы сама позвонила мне и пригласила на свадьбу. Иначе я просто не приду. И запомни, что я приду не один...

— Ты приведешь на свадьбу свою пассию, — упавшим голосом произнесла Лариса. — Ты посмеешь сделать такое?

— Нет. Я не думаю, что это правильно. Но на свадьбу приедут еще и мои родственники из Дагестана. Если, конечно, Арина хочет, чтобы я присутствовал там.

— У нее нет другого отца, — патетически воскликнула Лариса. — Я всю жизнь отдала тебе и ей. Никогда тебе не изменяла, всегда хранила наш семейный очаг и получила в свои годы развод. Тебе не стыдно?

— Нет, — ответил он, — мы жили с тобой только первые несколько лет. А потом была не совместная жизнь, а совместный ад. В котором ты выступала в роли мучителя. Нужно было давно закончить наши отношения, но я не решался. А теперь понял, что все это глупые условности. Жизнь так коротка, что нельзя откладывать радости на завтрашний день. Ведь мы не знаем, каким он будет. Поэтому я ухожу. Это даже не обсуждается. Можешь писать, жаловаться, угрожать, кричать, орать, возмущаться. Я все равно уйду.

— Послушай, Нама... послушай, Максуд, так нельзя. Это неправильно. Мы прожили вместе столько лет...

— Мы мучились столько лет. До свидания, — он положил трубку и улыбнулся.

Вечером он привез Майе еще один букет цветов и маленькую коробочку с кольцом.

— Что это? — спросила она.

— Хочу сделать тебе предложение, — сказал Максуд. — Мне только сорок девять лет. Я не очень молодой, но говорят, что подающий большие надежды доктор наук. Ты согласна выйти за меня замуж?

— Дурацкий вопрос, — улыбнулась Майя, — я мечтаю об этом с момента нашего знакомства. И даже необязательно регистрироваться, если ты не хочешь. Самое важное, что мы будем рядом друг с другом. И больше мне ничего не нужно. Но коробочку отдай мне... Это кольцо мне понравилось, — добавила она с неподражаемой улыбкой, перед тем как броситься к нему в объятия.

Через шесть месяцев Максуд Намазов был избран членом-корреспондентом Академии наук. Вместе с ним был избран и Леонид Альтман. Еще через два года Намазов стал директором института, а Альтман — его заместителем по науке.

Литературно-художественное издание

АБДУЛЛАЕВ. МАСТЕР КРИМИНАЛЬНЫХ ТАЙН

Абдуллаев Чингиз Акифович

ЗАСТЕНЧИВЫЙ МОТИВ КРОВИ

Ответственный редактор *А. Дышев*
Редактор *А. Ключенков*
Художественный редактор *А. Сауков*
Технический редактор *О. Куликова*
Компьютерная верстка *В. Шибаев*
Корректор *М. Ионова*

ООО «Издательство «Эксмо»
127299, Москва, ул. Клары Цеткин, д. 18/5. Тел. 411-68-86, 956-39-21.
Home page: **www.eksmo.ru**   E-mail: **info@eksmo.ru**

Өндіруші: Издательство «ЭКСМО»ЖШҚ, 127299, Мәскеу, Ресей, Клара Цеткин көш., үй 18/5.
Тел. 8 (495) 411-68-86, 8 (495) 956-39-21
Home page: www.eksmo.ru   E-mail: info@eksmo.ru.
Тауар белгісі: «Эксмо»
Қазақстан Республикасында дистрибьютор және өнім бойынша арыз-талаптарды
қабылдаушының
өкілі «РДЦ-Алматы» ЖШС, Алматы қ., Домбровский көш., 3«а», литер Б, офис 1.
Тел.: 8(727) 2 51 59 89,90,91,92, факс: 8 (727) 251 58 12 вн. 107; E-mail: RDC-Almaty@eksmo.kz
Өнімнің жарамдылық мерзімі шектелмеген.
Сертификация туралы ақпарат сайтта: www.eksmo.ru/certification

Сведения о подтверждении соответствия издания
согласно законодательству РФ о техническом регулировании
можно получить по адресу: http://eksmo.ru/certification/

Өндірген мемлекет: Ресей
Сертификация қарастырылмаған

Подписано в печать 04.09.2013.
Формат 84×108 $^1/_{32}$. Гарнитура «Таймс».
Печать офсетная. Усл. печ. л. 16,8.
Тираж 5100 экз. Заказ 3890.

Отпечатано в ОАО «Можайский полиграфический комбинат»
143200, г. Можайск, ул. Мира, 93
www.oaompk.ru, www.оаомпк.рф тел.: (495) 745-84-28, (49638) 20-685

ISBN 978-5-699-67616-3

Оптовая торговля книгами «Эксмо»:
ООО «ТД «Эксмо». 142700, Московская обл., Ленинский р-н, г. Видное,
Белокаменное ш., д. 1, многоканальный тел. 411-50-74.
E-mail: **reception@eksmo-sale.ru**

По вопросам приобретения книг «Эксмо» зарубежными оптовыми
покупателями обращаться в отдел зарубежных продаж ТД «Эксмо»
E-mail: **international@eksmo-sale.ru**
International Sales: International wholesale customers should contact
Foreign Sales Department of Trading House «Eksmo» for their orders.
international@eksmo-sale.ru

По вопросам заказа книг корпоративным клиентам, в том числе в специальном
оформлении, обращаться по тел. +7 (495) 411-68-59, доб. 2261, 1257.
E-mail: **vipzakaz@eksmo.ru**

Оптовая торговля бумажно-беловыми и канцелярскими товарами для школы и офиса
«Канц-Эксмо»: Компания «Канц-Эксмо»: 142702, Московская обл., Ленинский р-н, г. Видное-2,
Белокаменное ш., д. 1, а/я 5. Тел./факс +7 (495) 745-28-87 (многоканальный).
e-mail: **kanc@eksmo-sale.ru**, сайт: www.**kanc-eksmo**.ru

Полный ассортимент книг издательства «Эксмо» для оптовых покупателей:
В Санкт-Петербурге: ООО СЗКО, пр-т Обуховской Обороны, д. 84Е. Тел. (812) 365-46-03/04.
В Нижнем Новгороде: ООО ТД «Эксмо НН», 603094, г. Нижний Новгород, ул. Карпинского, д.
29, бизнес-парк «Грин Плаза». Тел. (831) 216-15-91 (92, 93, 94).
В Ростове-на-Дону: ООО «РДЦ-Ростов», пр. Стачки, 243А. Тел. (863) 220-19-34.
В Самаре: ООО «РДЦ-Самара», пр-т Кирова, д. 75/1, литера «Е». Тел. (846) 269-66-70.
В Екатеринбурге: ООО «РДЦ-Екатеринбург», ул. Прибалтийская, д. 24а.
Тел. +7 (343) 272-72-01/02/03/04/05/06/07/08.
В Новосибирске: ООО «РДЦ-Новосибирск», Комбинатский пер., д. 3.
Тел. +7 (383) 289-91-42.
E-mail: **eksmo-nsk@yandex.ru**
В Киеве: ООО «РДЦ Эксмо-Украина», Московский пр-т, д. 9. Тел./факс: (044) 495-79-80/81.
В Донецке: ул. Артема, д. 160. Тел. +38 (032) 381-81-05.
В Харькове: ул. Гвардейцев Железнодорожников, д. 8. Тел. +38 (057) 724-11-56.
Во Львове: ТП ООО «Эксмо-Запад», ул. Бузкова, д. 2. Тел./факс (032) 245-00-19.
В Симферополе: ООО «Эксмо-Крым», ул. Киевская, д. 153.
Тел./факс (0652) 22-90-03, 54-32-99.
В Казахстане: ТОО «РДЦ-Алматы», ул. Домбровского, д. 3а.
Тел./факс (727) 251-59-90/91. **rdc-almaty@mail.ru**
Интернет-магазин ООО «Издательство «Эксмо»
www.**fiction.eksmo.ru**
Розничная продажа книг с доставкой по всему миру.
Тел.: +7 (495) 745-89-14. E-mail: **imarket@eksmo-sale.ru**